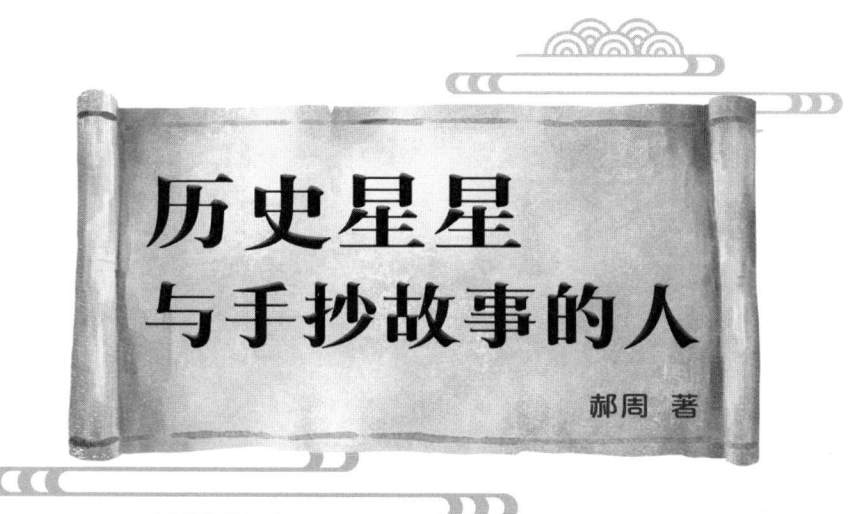

历史星星
与手抄故事的人

郝周 著

南方传媒 花城出版社

中国·广州

图书在版编目（CIP）数据

历史星星与手抄故事的人 / 郝周著. -- 广州：花城出版社，2025. 2. -- ISBN 978-7-5749-0190-2

Ⅰ. I277.4

中国国家版本馆CIP数据核字第2024HF1895号

出 版 人：张　懿
责任编辑：黎　萍　秦翃珊
责任校对：卢凯婷
技术编辑：凌春梅
封面设计：黄肖铭
插　　画：李羽翘

书　　名	历史星星与手抄故事的人
	LISHI XINGXING YU SHOUCHAO GUSHI DE REN
出版发行	花城出版社
	（广州市环市东路水荫路 11 号）
经　　销	全国新华书店
印　　刷	佛山市浩文彩色印刷有限公司
	（广东省佛山市南海区狮山科技工业园 A 区）
开　　本	880 毫米 ×1230 毫米　32 开
印　　张	6.5
字　　数	90,000 字
版　　次	2025 年 2 月第 1 版　2025 年 2 月第 1 次印刷
定　　价	48.00 元

如发现印装质量问题，请直接与印刷厂联系调换。
购书热线：020－37604658　37602954
花城出版社网站：http://www.fcph.com.cn

目录

001　笳声绝

015　秋水渡

029　三块金

044　书生悟

056　虎丘集

071　小窑匠

085　盐之劫

102	天堂寨
113	袁门变
127	太医乱
139	放牛郎
159	一根桨
180	羌笛怨

筎声绝

一

"先生,将军有请。"少年熹走进帐内,恭敬地说。

"莫不是又要饮酒吧?"乐师田僧放下手中的谱册,笑着问道。

"先生去了便知。"熹也微微一笑,"别忘了带上您的筎管。"

"我这就来。"乐师起了身,整了整仪容,取下身后木架上挂着的筎管,跟着熹往将军的营帐走去。

对运筹帷幄的将军来说,乐师是非同小可的贵客。一见到田先生,将军马上放下手头的军务,起身邀请乐师入席。果不其然,将军已经命人备好了美酒。熹熟练地给将军和乐师斟了酒,将军便举樽与乐师对饮。将军魁梧高大,饮酒自然是海量。而乐师天生不胜酒力,三杯下肚,双颊已是微微酡红。

熹又给乐师斟满了酒,乐师望着酒樽,面露难色。

"文人骚客借酒助兴,乐师饮了酒,演奏的笛声不是会更美妙吗?"将军笑道。

"在下不善饮,恐怕等一下吹出来的曲不成调,让将军见怪了。"

"那,就让熹代你饮了这一樽。"

闻听此言,熹向乐师拱手作揖,然后端起乐师面前的酒樽,举在唇边,略一皱眉,一口把酒饮尽。酒入喉管,如火中烧,少年熹不由得猛烈咳嗽起来。

"哈哈哈……"将军爽朗大笑,声震帐顶。笑毕,他走下主席,来到乐师面前,说:"熹代你饮酒,我可否代他向先生请托一事?"

"敢问何事?"

"此次出征,犬子熹不听劝告,执意要跟我来军中,不为其他,乃是被先生笛音妙曲吸引而来。熹儿自幼钟爱音律,可惜未遇良师。先生之笛,妙冠天下,何不收熹为徒,以授绝技。小儿若习得笛技,与先生相唱和，也是乐事。"

"这……"乐师面露难色，"承蒙将军不弃，高看我这市井之人。将军营中乐师众多，独厚我一人，将军既是伯乐，也是知音，哪能不报答知遇之恩？不过……"

"不过什么？"

"我幼时家贫，无以为生，靠着苦练吹筇，卖艺糊口，数十年坚持，又遇胡人良师指点，终能通晓一二。公子出身贵胄之家，怕是吃不了这样的苦呢。"

"先生，我喜欢吹筇，我不怕吃苦！"熹着急了。

"冬练三九，夏练三伏，口唇都会磨破，你真的不怕？"

"不怕！"

"哈哈哈……"将军笑着打起圆场，"这小子读书也好，舞剑也罢，都没见过有这样的决心。先生，好徒弟也难遇到啊！"

"那就恭敬不如从命。"乐师说。

话刚出口，熹喜形于色，连忙向乐师行叩拜大礼。

乐师扶起熹，又拿起身侧的筎管，净手漱口后，演奏起将军最喜欢听的曲子——《壮士出征》。

熹的目光在乐师手中的筎管、灵巧的指头，还有嘟起的嘴唇之间移动，忘记了为父亲斟酒。将军也正襟危坐，凝神谛听，忘记了俗务、忘记了美酒。随着曲子在帐中回荡，熹的眼前又浮现出一个月前，大军出征时那一幕雄壮的场景。

二

那日清晨，崔将军率领的大军从洛阳城西出发，前面是五千骑兵，紧随其后的是两万步兵，旗帜翻飞，尘土飞扬。崔将军骑着赤兔马，身披金甲，手持长剑，统率千军，威风凛凛。而乐师田僧身穿长衫，手持筎管，跟在将军的随从之列，他一边走，一边吹奏着那首《壮士出征》曲。这首曲子基调悲壮，假以筎管悠扬的音调，让听者无不精神振奋。从军的将士们原本还有胆怯之心,听了也觉得勇气大增。而熹就是在那一刻,冒充一个军士混入了出征的队伍,对他来说,只要跟随胡笳高人田僧先生的步子,哪怕是走向战场,也是值得的。当然,父亲崔将军战功赫赫,出征作战,胆识和谋略超群,威震四方,他也想跟着父亲闯入敌阵,笳管声变得急切,战士们的身手也会变得更加神勇,一鼓作气之下,连续取得了好几场战役的胜利。

于是,敌军之中,逐渐流传出这样一个说法:"崔将军的胜仗不是靠勇士打下来的,而是靠一个小小的笳管手田僧吹出来的。"每次听到这样的传闻,崔将军总是一笑置之。想当初,他骑马在城中陋巷穿行,被坐在墙根底下卖艺的田僧的笳管声吸引,不禁驻足听得入了神。后来有一只狗从巷子里冲出来,让战马受了惊,将军差点从马上跌落。一曲终了,他立刻下马敬拜,并把田僧请到军中,奉为上宾。没有他这个伯乐的慧眼,哪里有田僧今日"笳管圣手"的大名呢。所以,无论是崔将军还是田先生,都把对方视为知己。

在不打仗的日子,师傅田僧开始潜心教小徒弟熹吹笳。每当夜深人静的时候，士兵们总能听到军营里传来胡笳的声音。一个声音圆润，一个声音青涩；一个声音流畅如水，一个声音断断续续；一个声音悦耳，一个声音嘈杂。但更多的时候，士兵们听到的是一个声音。因为徒弟熹一个人吹奏，师傅则坐在一旁，闭目养神。如果听到了音符出错，他的眼皮就会微微跳动，手中的长柄戒尺也会落到熹的头上。当年，田僧的胡人师傅就是用这样的办法来让田僧迅速掌握了胡笳演奏的精妙。有好几次月明之夜，将军夜不能寐的时候，总会独自到乐师的营帐外踱步。他从不走进帐房，因为，在胡笳演奏这件事上，乐师就是将军。

　　吹累了，师傅就会给徒弟熹讲关于胡笳的种种传说：为父求情的汉末奇女子蔡琰，聪慧善音，曾经被掳入胡地，远离中原故土，悲愤幽怨，作了《胡笳曲》，后又被诗人写成了《胡笳十八拍》，末尾一句"出入关山十二年，哀情尽在胡笳曲"。她的胡笳之音以悲为美，如诉如泣，脍炙一时。这些带着历史风霜的传说，总是让熹听得入了神。他愈发对手中这个只有三个孔，两端开口的神奇乐器产生更浓厚的兴趣。

"师傅,你吹奏的《壮士出征》无人能及,看来我是怎么学也学不到你的境界了,不如你教我吹《胡笳曲》吧!"熹说。

"《胡笳曲》的乐谱早已失传。如果能抓回一些俘虏,说不定能找到精通音律的胡人问问。"

三

接下来的日子,崔将军的军队攻下了好几座城寨。北方边城,自然是胡人的天下。在将军的特许下,田僧带着熹到里巷寻访,在一座被鲜血浸染的残墟之下,果然找到了一个正在吹奏胡笳的长须长者。他吹奏的正是失传多年的《胡笳曲》。

熹兴奋地欲上前讨教,被师傅田僧拦住了。他随手从地上捡起一块石子,在满是厚尘的地上记下了乐谱。一曲听完,地面上已经出现了《胡笳曲》的完整乐谱。熹找来笔墨和纸,照着地上的曲谱,誊写到纸上。等到两人想再去寻高人请教时,长者已无踪无影。好在,曲谱已经记录。

从此，熹跟着师傅苦练《胡笳曲》。在茫茫无际的大漠，在黄沙漫天的战场，在生机勃勃的草原……熹见识了战争的血腥，见证了生命的无常，也经历了胜败的悲欢。随着时日的推移，他的曲调变了，变得流畅了，变得清澈了，变得灵动了。就算是家园在中原的将士，也能从他的胡笳声中，勾起对故乡深深的思念。

每次两军交战，田僧的胡笳取代了军队的战鼓，因为它的音调比战鼓更能鼓舞士气。在这支军队里，除了英勇的崔将军，手无缚鸡之力的文弱乐师田僧成了军营里最为抢眼的人物。

转眼间，征战已有半年，敌人的势力越来越弱，他们已经退守到最后一座城里，深陷孤城之中。崔将军打算休整三日，一举攻下敌营，班师还朝。攻城的头一个晚上，乐师田僧又被邀请到将军帐中饮酒。一同陪伴的，还有他那已经出师的徒弟熹。熹三次两次上前为师傅敬酒，他热切地盼望明天能够和师傅一同在三军面前吹奏胡笳。

"我吹的曲子为刚，你吹的曲子为柔。攻城之际,宜刚不宜柔。你的时机还未到。"师傅当着将军的面,委婉地拒绝了。

(四)

第二天,晨曦照亮大地。乐师田僧骑着白马,浑身披着金光,行进在队伍前列。他的笳管一如既往地雄壮悠扬,完胜在此一举,军士们回乡心切,热血沸腾。崔将军手中的令旗即将指向前方,攻城就开始了!空气中,忽然传来嗖嗖的管弦之声。不,不是管弦,是一支飞动的箭羽,从城墙上方一个隐蔽的垛口飞至,落在了乐师的胸口。正在全神贯注吹奏胡笳的田僧从战马上倒了下来。胡笳声戛然而止。

崔将军怒目圆睁,大喊一声:"杀!"身先士卒冲到城下,一阵迅疾的箭雨从天而降。将军中箭了,从马上跌下。

军心大乱,鏖战两个时辰,城攻不破,崔将军的军队转攻为守,一路南逃。

这天晚上,军队已经被北方胡人包围了。崔将

军也身负重伤,谁也没有料到,数万大军折损惨重,只剩不到两千余人,如今深陷绝境,不知明日何去何从。将领们守在主帅的帐营里商讨对策,个个神情低落,唯有叹息。

这时,帐外忽然传来了一阵清越的胡笳声。士兵们纷纷走出营帐,三三两两席地而坐,就像落在荒野上的大雁。月亮升起来了,孤寂地挂在天边。笳声婉转低回,中原的士兵们想起了故土家园,想起了田田的荷叶,想起了青青的麦苗,想起了灵巧的燕雀。

"谁在吹笳?"

"田乐师还活着?"

"不,这不是田乐师爱吹的曲子,倒像是胡人的曲子!"

"嘘,是崔将军的熹公子在吹呢。"

军营里悄静无声,这乐声借助晚风传送到了胡人的军营。胡人都被吸引住了,睡觉的开始披衫而坐,站岗的也放下弓箭,饮酒的放下了酒樽,他们有的朝笳声传来的方向凝神谛听,有的举头望着北方故乡的方向。在士兵们的眼里,脚下刀光剑影的战场变成了另外一幅梦中熟悉的景象：

连绵的雪山脚下，一片水草丰美的草原如同绿茵毯一样舒缓地展开。草地上，牧羊少女轻轻地挥动着手中的鞭子，成群的羊和牛，有的在悠闲地吃草，有的抬头哞叫。草原上空，不时有鹰隼惊飞掠过，牧羊少女惊叫着，呼唤身边的勇士们，可是勇士却奔赴沙场，不能守候家园……

一个胡人将领望月喟叹："他们有他们的家园，我们有我们的家园，为什么要把他们逼得这么狠，让这些残兵败将无家可归呢？"

随之有人附和："我们在这里困顿相持了大半年，汉人成了瓮中之鳖，一旦决战，他们也定会拼个鱼死网破，落得两败俱伤。何不放他们一条生路，各回家园呢？"

……

有士兵进入营帐禀报："前哨回报，围守我营的敌军营内有骚动，听到许多胡人兵士在哭泣。"

将军大喜："胡人军心摇动，天助我也。待乌云遮月之际可突围。"

是夜，汉军突围，几乎没有遇到什么阻力。两千人得以保护崔将军一路南归。半途中，身负重伤的崔将军奄奄一息。临终前，崔将军留下最后一道军令：从今往后，军中再也不可有胡笳乐师。

熹含泪应允。他吹完最后一曲胡笳，将笳管折断，弃之郊野。

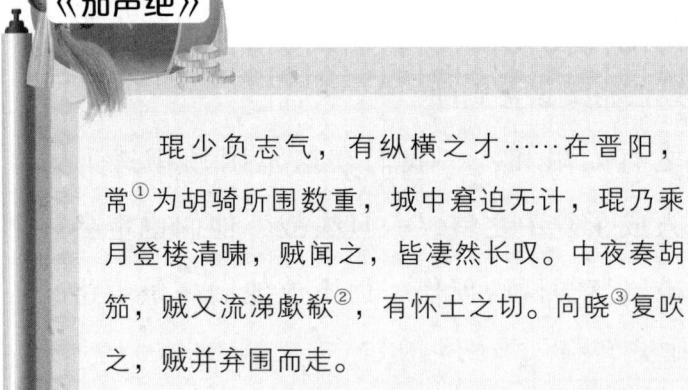

《笳声绝》

琨少负志气，有纵横之才……在晋阳，常①为胡骑所围数重，城中窘迫无计，琨乃乘月登楼清啸，贼闻之，皆凄然长叹。中夜奏胡笳，贼又流涕歔欷②，有怀土之切。向晓③复吹之，贼并弃围而走。

——《晋书》卷六十二·列传第三十二

① 常：通"尝"，曾经。
② 歔欷：叹息，哽咽。
③ 向晓：拂晓，天快亮时。

秋水渡

一

渡口本来是官渡。平定匪乱后，地方上逐渐太平下来。待生息稍定，县府购置了十二亩田产，以田产所出的米粮置办了一艘渡船，供养了一名舟子。几年后，地方官去了又来，你方唱罢我登场，热闹一场后，公帑吃紧，不到五六年工夫，县府变卖了舟子赖以为生的田产，舟子无以为生，私下里收起了来往行客的过渡钱。人心不是蛇吞象，一旦开了伸手索要的先河，舟子欲壑难填，总是嫌少不嫌多。有时见客人过渡事由紧急，竟然乘人之危，漫天要价。有时候客人囊中羞涩，见无利可图，竟然弃舟上岸，袖手旁观。时间一长，民怨沸反盈天，舟子就被人告到了官府。这还了得？当初立在渡口的勒字石碑还在，舟子与官家签订的契纸还在！石碑上所刻之字仍然清晰

可见：不可勒索渡钱，须随到随渡。这样的舟子不赶出渡口，还如何向百姓交代？官渡的威信何在？但时过境迁，舟子虽然作恶，但也情有可原，官府也就一逐了之罢了。官府又打算召集地方绅士耆老，募捐财物，置办田亩，由地方领袖出资，经营渡口，将官渡改为"义渡"。但此事非一日之功，各方意见不一，数年内竟无下文。自此，渡口仍在，旧船也在，但无舟子摆渡。官渡就成了无人看守的野渡了。"野渡无人舟自横。"唐人的这句诗，大概描述的就是秋水渡的情形。

这不是武举人头一次路过秋水渡，但却是他获得武举功名后头一次。他到此地是寻找旧友，踏访故地。十多年前，他曾经在此地生活很长一段时间。此番逗留，一切物是人非，当年旧友不是销声匿迹，就是变成了孤坟荒冢。他只好怅然而去。

时近黄昏，长发掩耳的武举人来到秋水渡时，一只破旧的渡船上已经坐满了人。只见一名矮壮的男人正准备撑船过河，他喊了声"慢行"。只见撑船人脸上露出喜色，双手把竹篙一扔，伸手朝他笑喊："来得正是时候！"想不到此地民风变得如此淳朴，武举人暗暗想道。上了船，他向男子作揖，口称道谢。正待他找地方坐下，适才男子竟然笼着袖子看着他，毫无起航的意思。男子身后的一船人也盯着他看。

他奇怪地问："还要等人吗？"

男子挑着眉毛看着竹篙："这里又没有舟子，后来的撑船。"

"原来如此，我还以为……可我从未撑过船。"

"你没撑过，我们就撑过？"

"老规矩，你不撑谁撑？"

……

一时间，几个粗俗男子竟然恶语相向，更有甚者，几个混混模样的家伙还捋着衣袖，试图教训这个不懂事的外地人。

武举人心生怒火。但他转念一想，如今身在舟中，不比陆地平坦，况且我如今也是有身份的人，与他们粗鄙之人岂可同日而语？小不忍则乱大谋，还是犯不着跟他们计较。

这时，一个文弱的本地少年站了出来："我来撑船吧,我会。"

武举人感激地朝他看了一眼,笑着拒绝:"你是孩子,怎么能让你来呢?"

武举人手持竹篙,沉稳地撑在渡口破旧的木架上,载满人的船便朝水中划去。一轮落日映在水中,把波光粼粼的水面映照得通红。他的思绪不由得飘忽到十年前那个惊心动魄的黄昏……

二

那日,占山为王的他终于迎来了穷途末路。面对三路官兵的围追剿杀,他慌乱之中逃到秋水渡口。生死关头,他的面前横亘着一条宽阔的大河。河面无桥,连一叶轻舟也没有看见。眼看身后烟尘滚滚,官家的追兵如蝗,他急得仰天长啸:"此乃天绝我也!"啸声刚落,他忽然看到渡口的一棵斜柳下,飘出一叶乌篷船。一个中年男子站在船板上,准备朝水里撒网。一个幼童坐在船板上,托着下巴观看。原来是一户渔民!他兴奋地朝渔船呼救。他身无长物,只有一把朴刀在手，情急之下，只能举刀挥舞。渔民的船离岸数丈之遥，辨不清他是恶意还是善意。男子竟然立在船板上，手持渔网僵在那里，一动不动。他突然悟到是自己手中的武器给对方带来了恐惧，于是一把扔下朴刀，朝渔民跪下。身后追兵的喊叫声已经清晰可闻："抓住他！抓住匪首！重赏！"

渔民终于看清了眼前的局势。犹豫了片刻，他做出了决定——驱舟靠岸。荡漾的碧波给他带来了生的希望，让他欣喜若狂。

船板上，年不过三岁的垂髫小儿见眼前的这个人手持明晃晃的朴刀，吓得哇哇直哭。

渔船靠岸的前一刻，渔民手里的竹篙犹豫了。他不敢把小儿置于陌生人的朴刀之侧。

"你把刀扔下，我就让你上船。"

"这是我的护身武器，怎能扔掉？"

"我孩子在船上。"

"我不会伤害你的孩子。"

"不扔？那我就走了。"竹篙在动。

"咚！"水花四溅，朴刀坠入了柳树外侧的

水中。

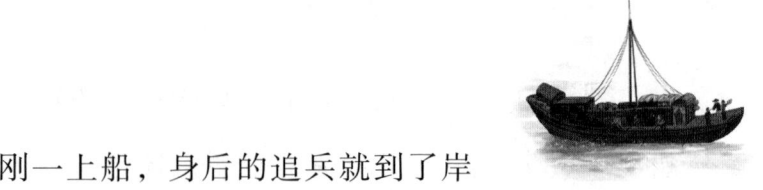

他刚一上船,身后的追兵就到了岸边。他们只好望水兴叹。一个士兵想必与渔民熟稔,显然通过背影认出了渔民,大喊他的姓名:"王七,你糊涂大胆,竟敢帮助匪徒逃脱,赶紧划过船来!"

渔民王七脸色骤变,手里的篙子一下子就僵住了。

"开弓没有回头箭,赶紧过河!"他从腰间掏出一把暗藏的匕首,搁在了渔民的脖子上。

变脸如变天。这是善良的渔民万万没有料到的。

小儿吓得哇哇大哭。

渔民脸色一阵青,一阵白。他不再犹豫,咬牙猛力撑船过渡。

船到了对岸,他上船之时,一把夹抱起小儿,像豹子一样跳跃上岸。

渔民大惊失色:"放下我的孩子!"

他回头一笑:"要想孩子平安,照我说的做!"

"你……你还想做什么?!"

"把船掀翻,推到下游急流中去!"

"你?恩将仇报!"

"少废话！"他右手虎口掐紧了小儿的脖子。小儿痛苦得直翻白眼，慌乱之时，小儿的眼前浮现出男人右脸颊的殷红血迹——他的右耳被利刃齐根削去，鲜红的伤口直抵肩部，仿佛受刑之人。

天哪，怎么就鬼使神差，软下心救下这个狼子野心的匪徒？渔民心里翻江倒海，他一辈子也没有这么后悔过。但这刀光火石之间，他没有时间后悔。心在颤抖，手也在颤抖。除了照办，别无他选。

渔船翻了，倒扣在水中，消失在河水里。

他心满意足地扔下孩子，撒腿朝远处的一片桦树林跑去，消失得无影无踪。远遁他乡后，他隐姓埋名，开馆收徒。由于武功过人，名声又好，门徒众多，十年时光，他竟跻身富豪之列，于是便买了武举的功名……

三

这一路，从来没有操弄过船只的武举人累得汗流浃背，而其他同舟之人只顾观赏风景，怡然自得。唯有少年站在他的身边，几次要伸出援手，但都被他婉拒了。船好不容易快要靠岸了，一个漩涡不期而至，船头偏转了方向，船底搁浅到岸边的烂泥潭上，再如何撑船都无济于事了。船上的本地人又闹了起来："外地人，你做的好事，把船弄到这个鸟地方，还不下船把船朝码头推一把，好让船靠了岸！"

武举人冷冷回应："说得轻巧！你们在船上，我哪里推得动？你们先下船，等船空了，我再推船还差不多！"

船上的人哪里肯干："明明你一个人湿湿脚的事，连累我们都踩烂泥，你小子怎么想的？赶紧下船推。"

武举人的修为和耐心已经用尽。他捋了捋右手胳膊，露出一块鼓鼓的肌肉，又捏紧拳头，在众人眼前晃了晃："想让我推船不难，就看有没有人先吃上我的一记老拳？"

话说完，他撑着篙子，一跃而起，兀自飞跃上岸。

众人见他身轻如燕，知其乃世外高人，这才有所收敛。但见他身影远去，又低声叫骂起来。

少年痴痴地看愣了："侠士，等等我！"

武举人回头相顾一笑。他转过身去，拿起长篙子，伸向船头。那头少年手握竹竿，这头武举人双手顺势一挑，竹竿仿佛成了他延长的手臂，一下子就将少年接应到岸上。其他人还没反应过来，武举人又拿起竹篙往船头一点，船就离了岸，又往水中去了。明明到了岸边，却又回到水中而去，船上人气得吹胡子瞪眼，竟然连少年一并骂将起来。他们终于尝到了骄横欺生带来的恶果。

少年既已上岸，武举人已把这趟可笑可气的渡河之旅抛在脑后。他朝渡口那头的桦树林走去，过了树林就是集镇。到了集镇，随便寻个脚夫，骑马离开这里罢了。他想。

一阵晚风吹过，武举人的长发飘散，右侧无耳的面颊暴露无遗。

暮光之中，少年的眼光闪烁，心一下子被刻骨铭心的童年往事击中了。他不动声色地问道："敢问侠士前往何方？"

"集镇。"

"我也去集镇，一起走吧！"

"极好。"武举人欣然同意。

"我记得十年前，这里是没有渡船的。如今怎么有了渡船却无舟子呢？简直是混乱之至。"

"是的，最开始只有渔船。"

"哦，你这么小年纪，怎么知道这么多？"

"那时候，我爹爹就有一只渔船，我跟着天天在河里打鱼。"

武举人的眼角跳动了一下："那你……你爹爹现在怎么不打鱼了？他可以顺道摆渡收钱呀。"

"后来出事了。爹爹的船被匪人劫持了，沉进了河里。爹爹下水去打捞，打捞不成，溺水身亡了……"

武举人的头脑一下子嗡地响了起来。冤家路窄，冤家路窄！怎么会这样？怎么会这样？一个来自天际的当头棒喝声在他耳边轰鸣着，回旋着。他心慌乱如麻，不由得加快了步伐——他不想让少年看到他苍白的面孔和慌乱的心智。

少年也下意识地加快了脚步。显然，他想到的是另外一件事："原本有官渡的，但官渡垮掉了。地方有钱人打算办义渡，但也谈不拢，就盼着有哪个大善人能把这个渡口管起来呢！如果有人愿意捐资，设立义渡，我倒是愿意来这里当舟子！"

"哦,是吗?你肯定能当一个好舟子。"
……

⑪

三个月后,重返此地的武举人出资购买田产,用田产所出在秋水渡建立一个义渡。雇佣的舟子正是那个少年。

渡口启用的头一天,武举人跟着少年一起,当一天的渡工。

舟楫穿梭,往来两岸。一日下来,两人疲惫不堪,但渡客脸上的笑意和口里的感激,使得两人心里却非常快活。

又是一天。

再一天。

又三个月后,武举人还没有归乡的打算。这日,正当两人把船划到斜柳下歇息时,少年忽然指着水底说:"你知道吗?这下面沉着一把朴刀呢!"

河面又刮了一阵旋风,吹散了武举人的长发。他心头一沉：难道他认出我了？

山贼已是陈年旧事，武举也不过是过眼烟云，何不放下？剃掉长发，做一个舟子，就这样摆渡吧——渡个心安。

《秋水渡》

津要①之所，地方有司造船以济往来，曰官渡；自里中好善者为之，曰义渡。

——〔清〕同治《崇阳县志》卷二·《建置志·津梁》

港不可涉，率呼号岸侧以待渡，而舟子缓急唯意，晚岸人溢舟方移艇，未渡时先横篙索钱，满其索始理楫。或②雨雪日暮，乘渡者急，索额益增，或稍有不满索，即般舟向岸，枕篙坐舟尾，瞋目③不顾，视一衣带水如江永汉广，薪人病之。

——〔清〕光绪《薪州志》卷二十六·《艺文志》

① 要：要塞，重要的地方。
② 或：有时候。
③ 瞋目：瞪大眼睛表示愤怒。

三块金

一

秦楚之交,汉水之滨的楚地农民王守本,租种几亩薄田,养活一家老小。一日,他在地里为苞谷除草。正在田埂喝茶歇息时,一个背着皂色行囊的客商路过。

客商一路步行,口干舌燥,见守本提着陶罐,饮得畅快,不由得向他靠近,讨口茶润润喉。守本是个爽快人,别说是茶水,就是美酒甘醴,他也不会吝惜。

操着秦地口音的客商饮了茶,擦擦额头的汗尘,舒缓一口气,便与守本闲聊起来。原来客商不是常见的商贾,而是专门贩卖历朝古董的商人,可称之为"儒商"。

"哦,其实我家高祖也是秦人,后来搬迁至

此……"守本说。

"原来三代以上,都是故人。听闻贵地乃上古时期的楚国旧都,多青铜礼器,不知你是否有听闻?"秦商自然攀了关系,把话题引入本行。

"见笑了。我就是一个普通的农人,哪里有这样的见识!"守本摆摆手,"就算有,也没有福分……"

"王侯将相,三代之后,谁又知道会是贫是富、是官是民?也许哪天交了好运,你也能成为有钱人呢!"秦商笑着说,"不瞒你说,本次来楚地之前,我就在三秦故地,购得一方少见的青铜礼器,方家争着出重金来买……"他颇有些自得,然后又打开随身的包裹,从中取出几件小铜器,放在田埂上,有意让守本开开眼界。

守本终究是粗鄙农人,只是把古董旧物放在手中摩挲一番,又一一放下。一则他的确看不出这些旧物不能吃不能用,有何珍奇之处;二则也担心弄坏了宝贝,赔偿不起。

两人又谈了些当地驿道渡口、民情风俗之类的闲话。眼见日薄西山,倦鸟归林,秦商匆匆收拾行囊,起身告辞了。

谁也没有料到,就在秦商重新摆放形状不一的古董时,不慎把一个小布袋遗失在歇脚处的田沟野草丛中。天色将晚,守本起身回家时发现了这个袋子。他拎起沉甸甸的袋子,打开一看——竟然装着三块闪着暗光的马蹄金!

守本手中的锄头和畚箕一下子落在了地上。他颤抖着把金子放在手里摩挲着,心脏几乎跳到了嗓子口。他把陶罐里剩下的一口水饮完,又狠狠地咽了几口口水。天哪,这么多金子,都能买下一百亩良田了!还守着这三亩薄地?不,有了一百亩地,出租给佃户就行了,还用得着自己在田里流汗吗?可是转念一想,丢金子的古董商一定急得捶胸顿足,晕头转向。等他冷静过来,他一定会沿着原路回头来找的。

是守在原地等待原主,还是携金带银一走了之?他的眼前又出现了秦商的模样。确切地说,是他想象出来的,秦商发现重金丢失后呼天抢地的模样。他记忆中祖父遭难时的场景依稀闪现了出来……想到这里,守本坐在田边,等失主归来。

二

月亮升上来了，乌云又遮住了月光，夜露打湿了他的衣衫。一直等到半夜，也没有见到失主。出村不远处的河岸上，妻儿一路提着火把呼唤。肚子早就饿得咕咕直叫的守本把一小袋金子裹在胸前的上衣内侧，又顺手从田埂边折了些灌木干柴搂在胸前，跟随前来寻他的妻儿回了家。这一路上，守本竟魂不守舍。他不时地回头朝田埂边张望，那里正是他捡到金子的地方。如果客商来了，没有找到金子，那该如何是好？这一袋金子难道就像天上掉落的馅饼，归我了吗？该不该把这件事告诉妻子？他觉得浑身热得发烫，仿佛这袋金子成了一个烫手山芋。妻子见他神色不同往常，问他是不是遇到什么烦心事，他摇摇头。妻子疑心他在野外待得太晚，怕是中了邪气，路过村口的土地庙时，她特意跪下来为丈夫祝祷了一番。他回到家，随便吃了几口晚饭，饮了一口水，倒头就睡，连上衣都没有脱。等睡到下半夜，他悄悄起身，来到后院，找了一个无人知晓的角落，把那袋金子藏了起来。

这晚,守本做了一个晚上的梦。其中一个梦让他久久不能平静。梦中,一个甲子前,发生在祖父身上的惨剧又像观看演戏一样逼真地出现在他的眼前……改朝换代的乱世,王家外出逃难。临行前,祖父将家里唯一值钱的兽面花纹的青铜酒樽交给平时交好的友人保存——他们家挖建了地道。后来灾祸结束,友人不幸病故。友人之子面对前来取回寄存之物的守本祖父,搪塞支吾,最后竟然拿出一只沾着泥土的青花瓦罐代之,辩说不曾见过青铜酒樽,只有一只青花瓦罐非其家所有,似是其父代尔所藏。青铜酒樽乃商代古董器物,价值足数百两银子,怎是一只当朝青花瓦罐所能比拟?祖父为人耿直,几次讨要公道都没有结果,最后举起青花瓦罐,当街摔破在石坎之上,口吐鲜血,郁郁而终……目睹这个惨剧,守本父亲决意离开伤心的故里,另寻生路。于是一家人便迁到楚地,垦荒起家,逐渐站稳脚跟。后来,他们听客居此地的乡邻说,在一场匪乱之中,那户人家的财产在夜间被匪徒洗劫一空,家破人亡。至于那个宝贵的青铜酒樽是否也成为歹人的囊中之物，不得而知。"守本啊守本，我给你取这个名字，是要你记住，吃亏未必不是福，做人本分才是正道啊！"讲完这句话，愁肠百结的祖父弓着背离他而去，最后化作一团雾气再也寻不见了。

翌日起床后，鸡鸣狗叫，田舍俨然。守本又像往日一样，神清气爽。他举止言谈不再飘忽不定。妻子暗中观察一番后，终于舒了一口气。"看来是土地菩萨显了灵。等到这个月十五，我一定去烧香还愿。"她想。连续几日，守本都去同一块地里锄草，也是为了再等失主。但是直到地里的杂草全部除光，他再也没有等到前来寻找金子的秦商身影。

三

又过了三年。在一个收获的季节，守本等来了一个有几分眼熟的外地人——那个丢失金子的秦商回来了。眼前的这位萍水相逢的客商鬓角的青丝早已成了白发，额头的皱纹也深密了许多。最明显的是两个肿起的大眼袋，显示他过得并不舒坦。秦商跟他寒暄了几句，感叹了时光飞逝。

守本问他古董生意可否顺心，他叹了口气，眉宇间再也没有往日的英气："三年前，我们分别后，在旅馆住宿时，我猛然发现丢失了一袋金子。数年心血一下子化为乌有。真是乐极生悲啊！"

守本淡定地说："金子在我家，跟我去取吧。"

秦商的浓眉快速跳动了几下，随即又凝成一团。他张着缺了几颗牙齿的嘴巴："这……莫非是我在做梦？"

"去了便知。"

秦商一路半信半疑地跟在守本身后，走过田埂，爬上一条河堤，又涉水过河，走进家徒四壁的王家。

守本支开家里的老少，关上大门，走到后院，移开一口水缸，再用一把小铲子刨开底下的浮土，露出了一个瓦罐，打开瓦罐上盖，伸手一掏，一个皂色的布口袋出现在客商面前。秦商双眼发亮，捧着布袋一掂量，分量相当，再打开口袋一数，三块马蹄金，足斤足两，一块不少。秦商看了看守本，看了看金子，又环顾了简陋的房子，百感交集。

"鄙人行走秦楚各地，见过贩夫走卒，见过农商工匠，无不以利为先，利字当头。没想到古人所说的路不拾遗的正人君子，竟然就站在我的面前……"秦商激动地说，"这金子，我从来没有想过还能失而复得。要不，我们均分吧！"

守本微微一笑："我辛苦隐瞒了三年，可不是为了得到一半金子。如果我有这个想法，何不独占了这袋金子？况且，三年前，金贵地贱，有这三块金子，我能置田百亩，为什么要等到今日？本来就不该我得的财物，三年前不能得到，三年后也不能。既然你来了，物归原主，我三年的等待有了圆满的结局，心里的石头落地，我能睡个安稳觉了。"

"此话怎讲？除了你，还有人知道吗？"

"知道的人倒不多，天知地知我知而已。话说回来，缺钱办不成事的时候，守着这么多金子，可真是煎熬……"

"正因此，我得感谢你！"

"我只是做了我本分的事。"

"你尽你的本分,我也想尽我的本分。"

"你的本分?把金子拿回去,做你的生意去。"

"你觉得商人满眼里只有利吗?"

"那也不是……"

"你的意思是?"

"把金子还给你,我自己心安。你拿回金子,照样也可以做让你心安的事。"

"你说想办一件事,却因缺钱办不成,是什么事?"

"这……不提也罢吧。"

"老兄,若是你个人的私事,倒不强求。若不只是私事,你就提出来吧。我同你一道做善事。"

"善事难为啊!"

"善事难为并非不可为。我今日的所见所得,让我看到了上天的启示。"

"你说到启示,我倒想起了我的家史……"

"你的家史?能给我讲一讲吗?"

守本大致讲述了三年前他梦中的故事。

⑪

听完这段伤心的往事，秦商的心里突然咯噔了一下。他这三块马蹄金正是用收购来的一只稀世商代酒樽转售给一位官宦子弟所得！难道守本的  传家之宝最后落到我的手里？不，不可能！我经手的夏商周三代礼器何止百千？我只是一个生意人，就算酒樽是同一只，我也并非乘人之危的恶人，我是花钱买来的。想到这里，他的心情总算平复了一些。

沉默了一阵，秦商说："你恪守了祖父的教诲。我是个生意人，我想冒昧地问你一个不该问的问题：你有没有想过，如果当时把这三块金子拿去做点生意，把赚来的钱给自己，把本金留给失主，这样不是也能两全其美吗？"

"有一阵子，村里人都在养蜂取蜂蜡卖钱，由于碰上了好时机，有本钱的人都赚了一笔。当时我心里也痒痒的，想拿一块金子出来做本钱，赚的钱自己留着，本钱放回去。但后来我还是没有这样做。"

"为什么呢？"

"我头脑里突然闪现出另外一个念头来。"

"什么念头？"

"我又听说，本钱大的人，赚了几倍的钱。于是，我就想，干吗只拿一块金子出来做本钱，拿两块、三块不赚得更多吗？这个念头一冒出来的时候，我就有点把持不住自己了。恰好在这时，发生了另外一件事。"

"嗯？"

"村里与集市相连的石桥被水冲垮了，又遇上河水暴涨，正是蜂蜡收获时节，外面的客商进不到山里来，大家只好把蜂蜡捂在家里。等到汛期过去，可以涉水渡河了，蜂蜡的价格跌落了，许多人赔了本钱。这个事好比一瓢冷水泼在我发烫的脑壳上。夜深人静的时候，我问自己：如果赔了钱，那我用什么来还这三块金子？如果没有赔钱，我真的会把三块金子重新从口袋里掏出来吗？一旦把金子拿了出来，妻子、孩子都会跳出来，他们会让我做这样的蠢事吗？反复琢磨后，我唯一能做的是：不要打这个主意，一开始就

不要碰金子。就像我的名字所告诫的,守住本分。"

秦商陷入了更深的沉默。太阳西斜的时候,他拿定了主意:"这三块金子,我就拿来修建一座与集市相连的石桥吧!"

"其实,我说的大事,就是这座桥。"守本笑了,"先父涉水过河时,曾经被洪水冲走过。幸好后来被人救起。我几次张罗过修桥的事,无奈人微言轻,身无长物,没法筹集那么大一笔钱……你先饮口水吧,也许只是你一时头脑发热。"

"我的头脑不热,但确实口干。"

于是,守本提了一个木桶,走到院子里的水井边,俯身打了一桶水,然后又递给客人一个葫芦瓢。客人舀了一瓢水,仰了脖子咕咚咕咚饮将起来。他饮完后不停地咂嘴巴,仿佛在痛饮世间最美的佳酿。守本也跟着饮了一通。

"动手造桥吧!用这三块金子,你做监工。若有结余,你就用来做本钱,养蜂吧!"

"有结余,那也是你的钱。你真的想好了吗?"

"就算没有想好,我也已经说出口了,不能改口了。这是生意人的'守本'。"

守本眨了眨眼："你之所以说出来，是不是也担心以后自己可能改变主意？"

"你呀，不去做生意可惜了。"

"见笑了。对了，你的大名叫什么？"

"我叫秦广利。你呢？"

"我叫王守本。"

"桥造好了，就叫守本桥。"

"不，叫广利桥。"

"若叫广利桥，过桥的人只知道感激一个名叫广利的人。但这是远远不够的，他们应当把这份感激再增加一些分量——应当包含对你的感激。打个比方，我刚才尝到可口的井水，我不应该只感激从井里打水的木桶，也应该感激这口老井。"

"这样说来，我觉得不只是这口井和这个木桶值得感激，连木桶上系的绳子也要一并感激。"

"我们感激不了这么多。这样算起来，那就没完没了了。"

"是的，没完没了，特别费脑子。"守本摸了摸脑瓜，憨憨地笑了。

"莫再费口舌了，就叫守本桥。"

"再想想……"

过了六个月，石桥建起来了。桥头立了一块石碑，上面刻着八个字：守本造桥，广利渡人。

《三块金》

陈中山，寠民①也。卖渡以活，有客投之宿，未旦②而去。拾藉草，得五十金，诘旦③客来。夫语妇出金还客，封识④宛然。取与之义，语及细民难矣，矧⑤微业耶？此非延陵季子所称披裘公者耶。

——〔清〕乾隆《天门县志·人物列传》

① 寠民：贫寒的人、穷人。
② 未旦：指3～5点，昼夜的转换时刻。
③ 诘旦：平明、清晨。
④ 识：同"帜"，标志，记号。
⑤ 矧：况且。

书生悟

一

人生总会有许多等待。对东莞南社古村读书人谢举人来说,这个等待显然过于漫长了。但这又是一个甜蜜和美好的等待。他等待着官府安排进京参加会试的公车,去摘取读书人最后金榜题名的荣耀。

从六岁入私塾启蒙做童子,到万历庚申年进县学做生员,到崇祯辛未年补入廪生之列,可食官府廪米津贴,到崇祯丙子年科考一等第一名,到隆武乙酉年乡试名列乙榜,高中举人。这一路走来,从垂髫小儿到年近半百,四十余年,一路苦读经书,不可不说艰辛。但艰辛是艰辛,在科举这个独木桥上,可是一路走了过来,比起那些白发苍苍的老秀才,可是幸运许多了。如今,赴京的公文也从县府领了回来,就等着坐公车进京参加会试了。这离读书人孜孜以求的进士之名，又进了一步。

"读了一辈子书，这次可要中个状元呢！"

"就是，我们谢家还没有出过状元呢！"

"别说谢家，就是整个东莞县、整个岭南，历朝以来也没出过几个货真价实的状元郎！"

……

乡邻们看到他，总是这样说着恭贺的话。

他走过村落里宗祠旁边，看到一块块历朝历代族人出资勒刻的石碑。麻石石碑底部虽然被雨水侵蚀，有些麻点，但碑顶的石狮依旧神采饱满，碑文上面写着"嘉靖十七年丙子恩科会试第三十七名　谢元俊立"。

"过不了多久，我也会立下这么一块碑文，我的名字'谢重华'三个字也会被刻在石头上，成为谢氏家族，甚至成为东莞地区的一个新的荣耀。"想到这里，他内心涌起一阵小小的涟漪。

官府的公车

迟迟未至，比往年晚了一个月、两个月、两个半月，他隐隐感到一丝危机……不能再晚了。

想不到，却等来了一个晴天霹雳！

早在一年前，崇祯皇帝在景山自缢身亡，满人在京城建立了大清王朝！隆武元年已是顺治二年了！许多身逢末世的读书人的遭遇，想不到竟然发生在自己身上！

二

很快，新的朝廷传来了诏令：重新举办科考，京城的会试和各省乡试照常举行。凡天下读书人，科举考试仍然可以应考，但去了就是考新王朝的功名。他又看到了那些曾经让他认为只有一步之遥的石碑。能在宗祠大门口立下这么一块石碑，是多少读书人梦寐以求的荣耀！可如今，社稷已失，朝廷已经不在了，功名又何在呢？难道要去向新朝廷乞求功名吗？

大明一朝自洪武开国至今，历经三百余年，宗藩、朝政、兵戎、赋税、盐铁均到了凋敝崩坏的地步,朝廷好比一艘满是漏洞的破船,终于经受不住暴风雨的侵袭,摆脱不了舟翻船覆的命运。国将不国,一介儒生又怎能治国兴邦,挽狂澜于既倒,只能独善其身罢了。他穷究四书五经,也读过历朝史书和节义之士的列传。每每读到壮烈的事迹,他就热血慷慨,耳热面赤。

"当今之世,所看何书?所重何事?百无一用是书生。家破山河在,功名又有何用?况且此功名已不再是彼功名。国破之际,有人落发为僧,青灯黄卷;有人抛弃功名,纵情山水。那是了无牵挂之人的洒脱,需要舍弃一切的勇气。我上有老母,下有妻儿,薄有家业,怎能一走了之?不取功名,操持何业谋生?乱世之下,有人以馆师为业,有人悬壶济世,有人出入幕府,有人变身商贾……这些都非我所中意之事,我该何去何从?"

谢举人苦苦思索着。

当他愁肠百结的时候,老母和妻子看在眼里,也侧过身去唉声叹气,不敢打扰他,就让他静静地待在书房,只是偶尔进来端茶倒水。倒是小儿子可爱,刚刚总角之年的他，还处于无忧无虑的年纪，他正忙着跟伙伴们在门前玩官兵捉贼的游戏。

　　站在书房窗前提笔写字的谢举人，不禁被孩子快乐的笑声所吸引，放下手中的笔墨，走出了门外。这是他半个月来第一次走出书房。屋外的鸟鸣和草木的气息，让他感觉神清气爽。"那就在南社古村里散散步吧。"他对自己说。

三

　　走到村中央，就是全村人顶礼膜拜的"谢家祠"。祠堂正门所贴的对联"耕读传家久，诗书继世长"，正是出自他的手笔，字迹遒劲，字体雄浑，观者无不停步注目。他不敢跨进祠堂大门。祠堂的后厅墙上，层层叠叠地摆放着七八代祖宗的牌位，上面列着祖宗的名讳，就像一双双眼睛在看着每个前来朝拜的子孙。而他，曾经被家族寄予了殿试折桂的厚望，如今却功亏一篑。啊，南社，这个生他养他的村落，走出了多少英才！而他，作为远近闻名的举人，人们也曾经把他的名字和南社这两个字牢牢地联系在一起。可如今,南社的百岁祠、谢家祠、古戏台、大榕树、土地庙,还有两口碧绿的池塘,池塘里游动的鸭子,都如同昨日再现,而国家社稷却亡了,读书人心里的那团火也熄灭了。

走着走着,噫?脸上怎么有水流淌,什么时候下雨了?干旱了几个月怎么突然就下雨了?再看脚下的土,干结得像硬石头,嗅一嗅,空气中没有半点土腥味。哦,原来是泪。男儿有泪不轻弹,我为什么流泪了呢?

他看看四下无人,抹干了脸上的泪珠,朝一处草木葱茏的林地走去。正在这时,一个老农挑着一担从塘里挖起的乌黑塘泥从他身边经过。一阵沤烂的臭气飘散过来,但他却没有皱眉。毕竟,他也是农民的儿子,他的父亲也是靠着肩挑背扛,面朝黄土背朝天地侍弄着十多亩田,种了水稻、荔枝、香蕉……把换来的钱供他一路苦读至今。如今看到这老者被担子压弯的肩膀,听到扁担的绳索与畚箕发出的甩动声,一下子就让他想起了已经去世的父亲。

从小，父亲就对他寄予了厚望。儿时，他提着茶壶给父亲送水，为了让父亲早点能饮水解渴，他一路小跑，不小心踩到被杂草掩盖的田埂缺口，摔倒在地，哇哇大哭。正在挑粪的父亲连忙放下肩上的担子，跑过来扶起他。父亲查看了他被刺藤划伤的皮肉，转身就从身边拔了一把止血草，揉烂，敷在伤口上。那天，父亲坐在田埂上跟他说了好几句话，其中一句他总是忘不了："儿啊，不管是耕田还是读书，做人做事都要踏踏实实。种田要靠汗水吃饭，读书要靠脑瓜子吃饭，都不能投机取巧。你读好书，我种好田，我们就能耕读传家，家业就会兴旺。"如今想起父亲的话，他忽然觉得父亲是一个很了不起的人，因为在他的眼里，无论是耕田还是读书，其实都要遵循同样的道理，耕读传家只是分工不同而已，但许多读书人都不会认识到这一点。

绕过村前的水塘，就来到村子面前的坡地。他看到村民种植的一丛虞美人开得葳蕤多姿，花色浓郁，花瓣就像涂了红色的丹砂，听说这是从苏浙之地移植过来的。岭南气候湿润，珠江流域更是土地肥沃，即便是普通的花草，也长得十分繁茂。黄昏时分，夕阳浮在水塘里，灼灼有光，花与水光相映，香气四溢，不觉一扫经书的字墨之气。

他俯下身子，凑到花瓣上细闻，更是香气入鼻，不由得喊了声："香！"接着又继续走，绕塘四周是一小片竹林，竹叶在晚风中沙沙作响，竹竿亭亭玉立，别有一番风姿。

走出书斋，走进自然之境，给人带来的是精神清爽的怡然之乐。何不也种种花草，栽些苗圃，就像陶渊明一样，荷锄南山下，就此田园间消磨岁月？不，不是消磨岁月，就像父亲所说的"耕读传家"，既然天下之大，容不下一张书桌，那至少还能像父亲一样，做一个勤勤恳恳的农民，躬耕乡野，不坠耕读之志。好，就此忘记自己是读书人，放下笔墨纸砚，捡起畚锸锄耙，做一个俗人农夫，在旱地里种桑麻、荔枝、龙眼、香树；在水田里种水稻；在屋前屋后种蔬菜、瓜果；在院子里养鸡、鸭、鹅、猪……有了这些，吃穿可以自给，也能卖些产出换来银两，就能维持家业，自给自足。忘掉自己是个读书人，不用卖文、卖画、卖字,也不在石头上刻字售卖,就不用再踏足城市半步了……

想到这儿,他兴奋地在田埂地里奔跑起来。晚风吹动他的长袍,拂过他的长须,吹掉了他那顶戴了二十余年的书生方帽……他一头撞在了一棵高大的牙香树的树干上,眼冒金星。他扶着树干,晃晃悠悠地倒了下来。鼻息之间,却闻到了一股异香。

"咦,你们看,谢举人怎么来田地里了?"

"他手舞足蹈,莫不是?"

"莫不是发癫了吧?"

"你瞧,他撞树了,是想寻短见吗?"

……

村里人指指点点,有人甚至急着喊救命了。

谢举人仰面朝天,望见了浓密的树枝和椭圆形的绿叶,以及星星点点伞状的小黄花。他从地上坐起来,仔细搜寻香气的来源。哦,原来是从这棵树皮斑驳的牙香树的裂缝里飘散而出的。作为读书人,他读过本地风物志,对牙香树略知一二。这种木材,经多年积淀成长,经过了雷劈、虫蛀,或被刀砍后,有异香溢出，故又称为"沉香"。沉香木做成的香料深受宫廷贵族、文人雅士赏识。在文人墨客之中，香道与茶道、花道并称，广受推崇。更重要的是，它还是一剂不可多得的良药。这种常绿乔木，喜旱地，不嫌瘦地，正适合南社一带的土壤。今日我刚刚决定做一名农夫，就一头撞在了牙香树上，岂不是上天在冥冥之中给我的开示？我就从种植牙香树开始我的田垄生涯吧！

(三)

三十年后，谢举人已经垂垂老矣。他种植的沉香树已经蔚然成林，所制成的木材、药材卖到全国各地，成为远近闻名的南方名品。

忽然一日，一个慕名前来收购沉香木的商人来到南社村，两人饮茶寒暄一番，儒雅的木商给他带来一本书，书名《存古集》。这时，谢举人已是老眼昏花了。送走了客人，他打开这本薄薄的小书，书中夹带着一张字条，上书："前朝举人屈某敬赠。"啊，原来，他也是当年的乱世举人啊!

谢举人随手翻阅到了一篇《狱中上母书》。当他读到这一段时,不由得浑身热血沸腾,三十年前意气风发,壮怀激烈的年月似乎一下子又涌到了眼前:

人生孰无死?贵得死所耳!父得为忠臣,子得为孝子。含笑归太虚,了我分内事。大道本无生,视身若敝屣。但为气所激,缘悟天人理。

再细读一位名士为这本书写的序言,他才知道,作者夏完淳跟他生活在同一个时代,为了挽救大明社稷,兵败被俘,永历元年七月身陷囹圄。在狱中,他给嫡母盛氏写下这篇情真意切、字字泣血的绝笔书,九月就义,仅仅活了十七岁!大明国祚存亡之际,有少年志士为之不惜少年头,我谢某何能苟存于世。若是当年为了功名利禄,进京讨要那顶戴花翎,今日读此篇,能不惭怍而死?

他洗净双手,沐浴更衣,点起

一片珍藏了三十年的上品沉香，在淡淡的烟雾和沁人心脾的香气所营造的氛围中，写下一封留给后世子孙的家书。

写毕，墨迹未干之时，他已溘然而逝。

《书生悟》

> 朱中尉率妻子徙冠石①种茶。长子楫孙，通家子弟任安世、任瑞、吴正名，皆负担亲锄畚②，手爬粪土以力作，夜则课③之。读《通鉴》，学诗；间射猎，除田豕。有自外过冠石者，见圃间三四少年，头着一幅巾，赤脚挥锄，朗朗然歌，出金石声，皆窃叹，以为古图画不是过也。
>
> ——〔明〕魏禧《朱中尉传》

① 冠石：一个"石峰嶙峋"的地方。
② 畚：用草绳或竹篾等编成的类似箩筐的器具。
③ 课：督促完成指定的工作，引申为学习。

虎丘集

一

对知行书墅的孟先生来说,拥有允明和少游两位高徒,既是一件值得快慰之事,又有一点甜蜜的烦恼。

先说允明。允明天资聪颖,未及弱冠就考中秀才。私塾先生教的书,他总是头一个就能背下来。他的字写得也好,俊逸洒脱,与他的为人有几分相似。正因为字写得好,他就爱写,而且喜欢一边看书,一边在书上做圈点、眉批。他看过的书,龙飞凤舞的行书笔迹随处可见,有时候他的圈点比书上的字还多。他的书箱里装了很多古董物件,但却鲜见一本书。偶尔找到一本,也是胡乱塞在箱子角落里,或者残缺不全。先生见他如此糟践书本,多次教育,他仍旧我行我素。他自有道理:"书是要记在脑子里、装在肚子里的，装在书箱里、摆在书架上，那不是把书当作器物了吗？我愿意收藏古董器物，铜器、瓷器、漆器、香炉、古砚、名画、古琴……凡是精美之物，能入法眼，皆想办法收入囊中，但是我不愿意收藏书。书读了，该记住的自然会记住，记不住的多看几遍照样也会忘记。古董器物不一样，可以留在眼前身边欣赏把玩。"为了搜寻这些古董，允明的大部分时间都用在行走街肆乡野，鲜少静下心来在书房潜心用功。

少游也是一个有天赋的书生，与允明最大的不同就是，他爱书惜书。他的书本，用了一天和用了一年，几乎没有太大的差别。他从不在书上随意圈点，更不会折、卷书页。可是，他不在书页中涂画圈点，何以把书读进脑中？他自有他的办法。那就是看书的同时，他会另备纸笔，对于书中重点要点，以工整的楷书另外誊写或者批点。这样，书读完，笔记也随之完成，下次读书，只看笔记，就能找到书中之要点。每次看书之前，必定要洗手，尤其是不能让同时摆放在书桌的墨水砚台玷污了书本。除了爱书，他也爱藏书。他的书房里，三面墙壁皆为书架，书架之上，各类书籍，经史子集，分门别类，井井有条。书架之书，每日掸除尘土，每半月日晒通风，书架各个角落，樟脑丸子必定点缀其间。而书房里，沉香的香气也会袅袅不绝，防潮防蛀，保护得十分妥帖。少游出生在富贵之家，家里有良田产业，购置书籍出手阔绰，毫不吝啬，不到三十岁，他除了文名和诗名，还获得一个远近闻名的藏书家之名。可就因为做了藏书家，他终日埋首书室，成了一个书呆子。

在先生看来，好古、藏书当然是文人的雅好韵事，无可厚非。但两人对雅好却过于痴迷，且剑走偏锋，长久沉溺，玩物丧志，荒废学业，并非可取。若是适可而止，动静结合，才能行稳致远。道理总是道理，说教令人反感，先生深明此理，只好由他俩去了。

二

戊戌之年秋意初降，野外花草色彩斑斓，天高气爽，正是踏秋的好时节。孟先生差人通知允明，约在当日未时，与少游三人同游虎丘。

允明来到少游家里，他正在书房整理、翻检一批从他处购得的古籍。这批古籍是当地颇负盛名的前朝文士夏氏所藏，他花费了巨资从某书商手中购得。前一日，他整整花了一天时间在书房整顿这批书。如今新书入库，他站在书架前，望着心心念念的书入了架，一股喜悦之情油然而生。在书架前就这样毫无目的地检视了一圈，他又从书架上抽出一本夏氏著述，坐在书桌前双手摩挲，翻阅。

正在这时，门外传来了允明的声音："先生有请，同游虎丘！"

未及起身，允明已经进了门。少游笑笑，把手中的书合上，举到好友眼前扬了扬："我发了一笔小财！你看，夏氏文存，据说失传已久，如今纳入我的书屋了！"

"哦，书是好书，借我看看？"允明也有了兴趣。

"你？看不行，想看，叫你的书童来抄倒是可以！"

"怎么还要这么麻烦？"

"你懂的,你看过的书,那还不是成了你的行书天地?"

"哈哈哈……"

闻罢此言,两人相视大笑起来。

"走,走,别让先生等!"允明拉着少游的手就走。

两人戴着方帽,脚踏木屐,身后跟随着两人的书童。允明的书童肩上背着食篮,少游的书童肩上照例背着书箱,一行四人前往踏秋圣地虎丘。两人到了虎丘,到处都是轻车骏马,箫鼓游船。兜售古董古玩和小玩意儿的货郎商贩随处可见,男男女女在草地上、石阶上、河畔边席地而坐,呼朋唤友。大人玩着相扑,小孩奔跑放纸鸢,还有盲人在表演说书,一幅承平盛世的景象。两人沿着盘山路走了一圈,来到石桥边,先生跟他们约好在此会面。

苦等先生而先生不至,忽然一高瘦身影拾级而上,似乎是先生的样貌。允明差使书童去看,可是跟到山中一亭子后,又不见踪影。倒是看到亭子中有三五文人墨客在饮酒作诗。书童回来讲述了详情,允明听了,灵机一动:"我俩不妨换了童子衣衫,去亭子里凑凑热闹。等先生若是到了,见到童子,不见我们,也捉弄先生一番。"少游一开始并不赞同,但无奈允明再三劝说,就听了他的建议。

于是两人和各自书童把衣服换了,扮成书童的样子去亭子里讨口酒喝。亭子里的石桌上摆放了笔墨纸砚,还有杯盏盘瓯,看来这些达官贵人的意兴颇高。

允明对少游使了个眼色,又在他的耳边耳语了一番。

允明走上前,向几位文人施礼,然后朝身后的少游喊道:"快来这亭子里,一目望十里,满面快哉风!风景好极了!"

少游随之应道:"在这里吟诗之人,必定是神仙中人,看来我们是遇到同道之人了。"

说着,少游也走了进来。

书童打扮的允明说出这样的话来,让亭子里的雅士刮目相看:"看来两位小哥也是读书人,何不小酌一杯?"

允明的目光突然停留在石桌上的一块古拙的墨绿

砚台上，砚台的左上角有五颗小星状的凸起，中间则是一颗大星。

他眉头一皱，笑着说道："这砚台真是少见，就是凸起的小星星不好看，不如请工匠铲去更好？"

他的话惹得这些文人一阵大笑。

其中一个戴方帽的长者说："这叫'五星拱月'，正是砚台中的极品，铲去了，那不是坏了吗？"

允明也跟着呵呵地笑，气氛一下子变得轻松起来。其实，允明心里在想：我何尝不知"五星拱月"，收藏之人，哪能没听说过这个砚台呢？看了我就心痒痒！

笑了一阵，主人命小厮给客人上酒。

连喝了几杯酒，允明征得主人同意，拿起石桌子上摆放的纸笔开始续诗，笔走龙蛇，用草书写下了这两句诗："霜叶微黄石骨青，老木寒云秀野亭。"

少游也写了两句："秋花不比春花落，尘梦那如鹤梦长。"

少游的字不比允明，他的字古朴遒劲，看似扭曲歪斜，笔画断续，实为故意为之，自有一番味道。

众人见状,拊掌称好。

方冠之士问少游:"你家公子除读书之外,所好者何物?"

少游眼珠一转,忽生一念,他煞有介事地答道:"我家公子爱书。他的书房里所藏典籍,足以开一家书馆了。"

允明自然明白其中奥妙,接着说道:"我家公子爱收藏古物。铜器、瓷器、玉器、漆器,凡精美之物,他都喜欢收藏。他的书房呀,就是一个大库房。"

第三人听了笑道:"看来天下读书人,雅好大同小异。刘公喜欢藏书,张公喜欢古董。遇到好宝贝,就是卖了田产美宅也要换回来,跟二位侍奉的公子何其相似。"

从他说话时顾盼的目光来看,刘公就是方帽之士,张公则是长须之人了。

允明说:"要我说,收藏古董尚可接受,收藏书籍倒是没什么意思。"

少游瞪了允明一眼:"读书人不藏书,那藏什么?"

刘公哈哈一笑:"我俩一辈子都说服不了对方,莫非你想听听书童有什么高论?"

"正有此意。"张公捋须颔首。

三

允明和少游两人同窗共读,天资不分伯仲,多有傲气。从内心里,两人对对方的雅好也颇有微词,但一直碍于情面未能直言说透罢了。今天两人乔装打扮,换成书童,身份变了,倒不如借机辩论一番,直抒胸臆。

"那我就说说我的看法?"允明看着少游,嘴角翘了翘。

"但讲无妨。"少游点点头。

允明看了少游一眼:"没错,读书人自然要读书。但书读完之后,大可弃之不顾。一者,人天生好逸恶劳,如果读书之时总是想着书在手边,遗忘可再翻阅,那就会养成一种依赖之心,不会逼着自己把所阅之文记在脑中。更有甚者,总觉得家有藏书,不一定要今日读完，明日、后日再读也无不可。所谓'书非借不能读也'正是此意。二者，书乃印刻于纸张，易烂易遭受虫咬水患火患，保管不易。许多人爱收集古籍，以善本珍本为宝，但所藏之书并未阅读，人生而有涯，有收藏、购买、保管书籍的精力，何不多读几本手头之书，读完后做一二摘抄心得，赠予有缘之人？三者，藏书者，易藏祸也。书中之言，或为本朝所嘉许，岂能保证为后朝所接纳？如果有非议之论，岂不祸及本人或者家人后代？有损子孙福祉？四者，书不容易传承。我听说，前朝改朝换代之时，某官宦之家的藏书，传到孙辈之手，兵荒马乱之际，过河逃难时，他的书都成了逃兵们用来生火造饭的引火纸……"

等到允明讲完这番长篇大论，刘公瞪了他一眼，又把目光投向少游，看他如何反驳。

少游不慌不忙地说："贤弟所言，我来一一反驳。其一，过目不忘当然是好事，但人非圣贤，有几人能做到？书放在手边枕边备用，此为藏书最根本之目的，并非助长惰性。其二，古董器物况且易锈、易碎、易蚀；书难藏，非不可藏。只要方法得当，千年前的书籍亦可流传至今。其三，子非鱼，焉知鱼之乐？藏书之人，只要闻闻善本奇书的墨香，摩挲纸页，就能陶醉其中，为何非要遍读书中之字？其四，书所言，乃作者所思所想。若为古书，更是古人所思所想，藏书之人何罪之有？倒是许多人千方百计收藏冻不可衣、饥不可食的古董器物，奇货可居，助长了作假坑蒙、盗墓偷窃、尔虞我诈的风气，有损公序良俗。我常常听说，有的家族子孙为了争夺古董家产，闹得头破血流，兄弟反目呢！"

少游说完，神情微微激动。

张公的长须在微微颤动，他的脸上挂不住了。好个小书童，把我的雅好贬斥得一无是处！

刘公见状，赶紧为张公亲自斟酒："两个书童，各为其主，哪能跟他们一般见识，伤了我俩的和气呢？"

另外一个圆脸无须之人笑着说："两位书童才高八斗，可见两家公子更是满腹经纶。如今秋风飒飒，秋蟹正肥，新禾酿的酒也快入瓮，我们再约三日后，请两家的公子前来品蟹饮酒，二位作陪，可好？"

两人笑而不语，快步下山。石桥边，两位真正的书童仍在苦等孟先生。

两人各自与自家书童交换衣衫后，心里还在想着山亭上的那番辩论，忽然觉得兴致阑珊。眼看日薄西山，孟先生大概也不会再来了，于是分道扬镳，各自离去。

第二日，孟先生因失约而向学生道歉，并问两人是否愿意两日后重游虎丘，可两人却支支吾吾，各自找了借口。

奇怪的是，虎丘之游后，两人的性情都发生了一些微妙的变化。允明不再沉迷于古董器物，他开始收心读书，著书立说，学问大为精进。而少游也不再终日与书为伴，既专于读书，也走出书斋，行走游历，见识大增，提笔作文，少了书究气，多了烟火味。数十年后，两人功成名就，被时人视为孟门双杰，江南名士。

又百年后，考证史学勃兴，有好事者研究起允明、少游的治学之路。经过细密爬梳自传、方志、年表、野史，研究者发现了一个惊天秘密：戊戌年秋日，那场虎丘半山亭中的雅聚背后隐藏着一位真正的组局者——"局外人"孟先生。

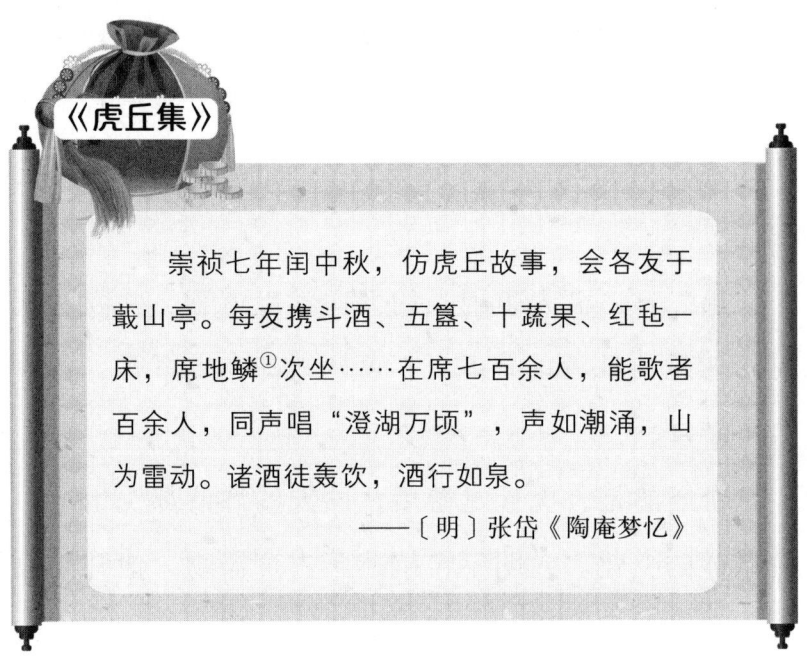

《虎丘集》

> 崇祯七年闰中秋，仿虎丘故事，会各友于蕺山亭。每友携斗酒、五簋、十蔬果、红毡一床，席地鳞①次坐……在席七百余人，能歌者百余人，同声唱"澄湖万顷"，声如潮涌，山为雷动。诸酒徒轰饮，酒行如泉。
> ——〔明〕张岱《陶庵梦忆》

① 鳞：像鱼鳞一样。

小窑匠

一

当母亲哭着走进书塾，牵着少年莆生的手，抱头痛哭，并告诉他爹爹溺水的噩耗时，他隐隐预感到，他的生活将会彻底改变。

爹爹是个官窑的窑匠。按理说，他天天在火炉般的窑洞里干活，每天承受着火煎火燎之苦，就算热死、累死，怎么也不应该被水淹死。然而，这样的事就真真切切地发生了。

说来话长。莆生的爷爷鼎生、爹爹柳生都是造砖的窑匠，一年中的大部分时日里，都在官家砖窑场烧制青砖，只有熄火时才可以回家从事耕作。在安陆府，烧砖是一个兴盛的行当。这主要得益于朝廷的一座藩王府邸坐落于此。王爷去世了，筑王陵、建玄宫、引水道……样样离不开青砖。王陵建好后，土木工程停歇了几年,窑匠们得以各自回家,倒也自在。但好日子没过多久,当朝皇帝驾崩无嗣,继承王爷爵位的少王爷被迎奉到京城继承大统。但是谁也没有想到,新帝坐稳宝座不久,便颁布了一道诏令,大意是:既然我是皇帝,那我的父亲也是皇帝。我父亲的陵寝是按照王爷的规制来造的,那就重新按照皇帝的规制来扩建。尽管这道诏令也受到了一些朝中大臣的非议,但皇帝终究还是让那些人闭嘴了。于是,扩建王爷陵寝的新工程又开始了。工程需要大量的砖、瓦、石料、木料。砖窑匠鼎生和柳生两父子被召回到了火热的官窑里,继续干起老本行——烧制青砖。

官窑坐落在城南阳山脚下,那里有山泉水汨汨而下,具备砖窑所需的水源。山脚下是一条河,名叫红水河。烧制好的青砖由河里的渡船,运到十里开外的皇陵城根。窑匠们吃住都在官窑附近的工棚里,偶尔也可短暂告假还家。一个青砖出窑的日子,督陶官因青砖成色好,残品少,破天荒地请窑匠们在晚饭时加肉饮酒。酒后,柳生想起当晚是儿子莘生的生辰,便向管事请假回家。他要把一只偷偷烧制的瓦猫作为礼物送给儿子。可走时太匆忙,瓦猫落在了席褥子里,后来才被爷爷鼎生发现。到了红水河边,柳生四处喊渡口船夫,可船夫却不知所向。他看到一艘小船系在岸边,便自己解开缆绳,拿起竹篙,跳上渡船,撑着船自行摆渡过河。

那天晚上,莆生和母亲在家等父亲等了整整一夜。父亲事前已经捎信回家,说当晚会赶回家,第二日早晨再赶回窑场。第二日,来到渡口的船夫沿着河岸寻船,在十里开外的渡口发现了自己的小船,同时还在河湾处发现了柳生肿胀的尸体。合理的猜测是:莆生的父亲因为醉酒,又不熟悉河流状况,船到河中间,遇到急流,船底又漏水,不慎翻了,他落水后,又因醉酒而无法自救。

莆生搀扶着哭晕的母亲从学堂一路抽泣到了家。而当时正在砖窑顶端指挥工人添柴的祖父鼎生,一阵头晕目眩,几乎从窑洞口跌进了熊熊的火坑之中。

二

半个月后,莆生再也没有回到学堂,而是跟着祖父回到了窑场。他无法继续待在学堂了。按照朝廷的规矩,砖窑匠的匠籍世代相传,成年的窑匠必须服役于官家窑场,而现在有司(有关部门)烧窑任务繁重,鼎生一家是按照两个工人的户头来算工役的,柳生不在了,儿子莆生就得顶上。况且,如今的家境,也无法供应他继续读书,原本考取功名改变命运的梦想破灭了。也许,这就是命吧。

带着父亲为他捏制的瓦猫,莆生来到了窑场。初次到窑场,一切都是新鲜的。土窑形状像馒头,称为馒头窑。外面看起来只是一个土包,从麻石垒成的窑门进入,里面却是葫芦的肚子——别有洞天。椭圆形的窑洞内壁都是青砖砌成,窑洞底部和两侧有三个烟囱,便于出烟。窑洞顶部还有三个滴水孔,从窑洞顶部滴落下来的水正好能落在窑脚,用于给砖块降温。窑洞外面的穹顶使用石块垒成,层层叠叠,非常牢固。站在窑洞里,望着窑口,只见一团白光照下来,让人觉得眼睛刺痛。在直射的光柱中间，会有成团的灰尘在飞舞。望着黑乎乎的斑驳的窑洞内壁，你会觉得这才是真正的世界的颜色。黑色，世界就是黑色。而空中，其实隐藏着数不清的灰尘。这是一个无比单调，却又无比丰富的世界。

窑洞之外，到处都是泥巴和堆积的木材木炭，两侧的平地码放着湿砖坯和烧制好的青砖。在窑场走动的有匠人、民夫，还有风闻有工可做而赶到此地的外地流民。朝廷下达的烧砖任务十分繁重，每个人都在忙碌着，偌大的官窑工地一派热火朝天。

最初几日，莆生发现自己无法静下心来学习手艺。一来，从小没有吃过苦的他无法适应又脏又累的活计；二来，更重要的是，他每天总是花许多时间思念可亲的父亲。晚上睡觉的时候，他把瓦猫捧在手里摩挲着，想着父亲生前的音容笑貌和父亲对他的教诲，眼泪就打湿了被褥。白天上工的时候，那只可爱的瓦猫总是装在他的衣兜里，他不时地伸手去摩挲。歇息的时候，他爬上窑场的山头，伸长脖子眺望那个残破的渡口，正是那个渡口让父亲失去了生命。他恨渡口,更恨那个渡口的渡夫,那个晚上他为什么不好好守在渡口?还有那只船,为什么破了洞也没有人去修葺?为什么官府从上到下只顾着烧砖,却连老百姓通行的渡口都不管一管?他伸手捡起一块黄泥块,甩开膀子朝山脚下重重地扔下去,一块,又一块……他想起了书中那只名叫精卫的鸟,他也想用脚下的泥块把这条红水河填起来……

当莆生一个人站在窑顶的时候,他的一举一动都被祖父看在眼里。自从儿子出事后,他的老眼不知为何,总是见风就会流泪,但他从来不会让孙子莆生看到。他擦干眼泪,走到莆生跟前说:"孩子,在官窑场不比在家,有督陶官发布任务,有主事者时刻监工,跟着我踏踏实实地学艺吧!"

祖父首先教莆生学习抟土做砖坯。土必须从不含盐碱的泥田里取出,略含粉沙的黏土,一层浅白,一层赤褐,层层相依,又叫"莲花土"。选好土后,用筛子把土筛一遍,去掉粗颗粒,留下细土。再用山泉水把土拌和。这个时候,师傅们就带着莆生,赤着脚上去反复踩踏,等到把泥巴踩得密实,就开始做坯。

这时，需要用到砖模——木制的方盒子。祖父把泥巴用力摔进砖模子，每次摔入的泥巴正好填满。如果稍多一些，就用一把铁弓刮下来，确保平平整整。莆生也学着拿起一块泥巴往里摔去，但是他的力气不够，摔进去的泥巴不足以填满砖模，他立刻拿了一块泥巴补上。

"千万不可！"祖父制止了他，"添补做成的砖坯，一烧就会裂开。"

经过祖父的手，再把砖坯从砖模里倒出来的时候，砖坯的棱角分明，表面光滑。这时，莆生就按照祖父的指教，用一块石印在砖上拓下铭文"安陆府造"。砖坯做好了，打零工的伙计们就过来把湿砖坯小心翼翼地搬运到空地上晾晒。

天气炎热，不到半个时辰，干活的人就要喝水。有人专门挑着茶水四处供应。长柄竹筒里装的是褐色的苦茶水，里面也许落入了炭灰或者砖灰，但这都没关系，工友们个个仰起脖子就牛饮。一个人饮完，下一个人接着，连落到嘴角的水也不抹一下。中午吃过饭，他们就躺进窑洞里，垫上一块芦苇席，倚靠在角落里睡上一觉。芦苇席倒是很多,砖坯晾晒的时候,必须随时关注天气,一旦老天不高兴,落下一阵雨水,淋坏了砖坯,那就前功尽弃了。遇到乌云密布的时候,莳生就要跟工友们一起,预先给砖坯盖好芦苇席。莳生每天就干着这些枯燥又疲累的粗活,有时候累得连话也不想说,仿佛一下子老成了三五岁。

三

父亲去世第七七四十九天那个晚上,祖父和莳生来到了渡口。他们带着火纸和香烛,在渡船系缆绳的地方,为亡人烧香祭奠。火光在夜空中跳动,燃尽的纸灰像是黑色的蝴蝶在夜空中飞舞。身边,深色的河水涌动着,偶尔发出一道道粼粼的波光。莳生知道,那不是迷人的风景,那里潜藏着吞噬生命的怪兽。烧了纸,莳生往渡夫的屋棚走去,他想看看渡夫到底是个什么样的人。在他看来,爹爹的死跟他脱不了干系。

"有人在吗?"他站在屋棚门口,敲了一下木门。

"谁，那么晚过河？明天赶早再来，早就睡了。"屋里传来嘟嘟囔囔的声音，仿佛带着酒气。

显然，慵懒的渡夫把莘生当成要过渡的旅客。

一听这话，莘生一下子火冒三丈："晚？晚就送客了吗？官家出钱白养了你？"

"你是哪来的毛头小子？"渡夫大约听出了莘生稚嫩的声音，"敢跟我这样说话，我说不渡，就是不渡。要告去官府告去，一年三吊钱，连肚子都填不饱，谁爱干谁干去。"屋里传来他在床褥上翻动的声响。

"你，你，简直无赖！"

任凭莘生把门敲得砰砰响，却再也听不到里面的回应了。

这时，祖父走过来了。

"走吧，孩子。"

"爷爷，"莘生伤心地哭了，"说不定，那晚，我爹也是因为叫不动这个家伙，才自己去划船的……"

"别哭了，咱们不怨天，也不怨别人，怨就怨，这里好端端的怎么就开掘了一条河，挖了河怎么就不架一座桥……"

"架桥？"

"是的，有了桥，就不会有人淹死了。"

"架桥要什么？"

"要石头、木头，还要砖，青砖。"

"哦……"莆生若有所思地点点头。

第二天，莆生像是变了个人似的，主动要求祖父带他进窑洞，他要学习装窑，学习烤砖。砖坯运进窑内，装窑匠眼疾手快，传递着砖块，砖块又稳稳当当地立放在合适的位置。他们码放的砖坯像精雕的窗花一样错落有致，露出空隙和网眼，就像道士们画出来的八卦阵一样神秘。

莆生天天猫在窑洞里，别人休息时，他也在琢磨着。母亲从家里来看望他时，看到儿子满脸被炭灰涂抹得漆黑，眼珠是黑的，眉毛也是黑的，开口说话时只有牙齿是白的，就心疼得落了泪。

砖坯码放的同时，烧窑师傅已经在火塘里架好了树根等木

柴，足有上千斤。等窑内的工序停当，所有人撤出。烧窑师傅把窑门封堵，外面用灰浆刷平。先是经过三天的烟火慢烤，逐渐把湿砖坯里的水分烤干。接着三天，烈火猛烧。烧窑师傅不断用铁叉往窑里添柴，就像舞狮一样不得闲，汗水也会像泉眼一样从身上冒出来。这个时候，莆生就跟在烧窑的祖父身边，学习观察调整火势。

等到砖块的颜色变成暗红，火势也就要慢慢小一点。到了最后，火熄灭了，就把火门、风门和烟囱都封起来，不透气息，让窑里的火慢慢熄灭。等到时候差不多了，就用竹筒引水到窑洞顶部，上面有一个碗底大小的窝洞，放入稻草糊团，让泉水慢慢渗入窑洞里。水进了窑内，成了水汽，窑内有水汽，就会把热温带到每块砖上，砖就会变成青灰色了。

㈣

一个雨后的早晨，山谷里飘散着一层薄薄的雾气，是开窑的时候了。

啊，第一块厚实的青砖出窑了！青砖上的炭灰飞动，空气中发出一阵"咝咝"的声音。莆生握在手里，热热的，仍旧带着余温。用手指头敲上去，脆响有声。这是一等一的好砖啊！

当天夜晚，祖父和莆生又带着火纸和香火来到了渡口。这次，莆生带上了一小壶酒，还有一块刚刚出炉的青砖，这块青砖只有巴掌大小，并不符合官家的标准，但却是莆生一手烧制出炉的，他要给天上的爹爹看看。

莆生在爹爹的坟前倒了一杯酒，开始给爹爹说话了：

"爹爹，皇帝让我们造那么多青砖，为他死去的父亲修陵墓，这么做，只是尽了他一个人的孝道。我跟爷爷学习了造砖的技艺，我如今也要发誓尽我的孝道。等工期结束了，爷爷和我自己动手造小馒头窑，我们自己烧制青砖。我和爷爷造一座桥。以后，如果真的能造成的话，我们就把它叫作'三生桥'……"

河水在哗哗地流着，仿佛也在呼应他们这个决定。

《小窑匠》

凡火候少一两,则锈色不光。少三两,则名嫩火砖,本色杂现,他日经霜冒雪,则立成解散,仍①还土质。火候多一两,则砖面有裂纹。多三两,则砖形缩小坼裂,屈曲不伸②,击之如碎铁然,不适于用。

——〔明〕宋应星《天工开物》

① 仍:又。
② 伸:直。

盐之劫

一

曾义和唐五、艾六走在山道上。

他们都是家里无地的佃农，平日在邻省四川某地赶脚做苦力为生。到了年底，三人结伴回乡。三人在巫山这个地方待了大半年，对本地自产的川盐十分熟悉。川盐产自盐井，晶莹如雪，价廉物美，而老家楚地人们吃的盐都是官盐。这些产自海边盐碱滩涂的盐质次而价贵，许多人宁愿买私盐而不愿意买官盐。既然身在此地，不如顺道带一些川盐回乡转卖，岂不是可以获利一番？曾义找到唐、艾两人商议，三人一拍即合，掏出一年工钱，凑齐了十两银子，在码头买了川盐一百五十斤，分四个布袋装了，做成两个挑担。他们谋划好了，回乡后把这些价廉物美的川盐分装成三五斤左右的小包，拿到城镇的饭铺和庄户人家去零

卖，三人的本金将会翻四倍之多。由于担心沿途官道衙门设置关卡巡捕缉拿私盐贩子，十分危险，便决定沿人迹罕至的山路而行。

现在，只需翻过这座两省交界的山岭，他们就可望见家乡县衙的城墙了。运气好的话，也许只要找上三两家饭铺客舍，就能把这些川盐变成白花花的银两了。

山路上，他们眼观六路，一路谨慎前行。过了山顶交界处的界碑，三人正准备坐下来歇息，忽然听得几声清脆婉转的喜鹊叫声，接着又听到树丛里传来草木摇动的声响。

早年间，此地常有山贼出没，专门打劫过往客商。曾义心想，莫不是被山贼盯梢了？这两担川盐若是被他们抢了去，岂不是一年的心血全部打了水漂？曾义对两个同伴说："要是真有山贼跳出来，我们手中有扁担、木棍，再捡些尖石、圆石，就跟他们拼命一搏！"

话音刚落，五个歹人跳了出来。他们挥舞着刀棒，粗声呵斥："把布袋放下！"

曾义嘱咐个子稍小的艾六看管好四个布袋，他与唐五操起扁担和棍棒，与三个歹人搏斗起来。好一番打斗，曾义和唐五被歹人的匕首划伤，一个瘦猴拾捡石块打中了曾义的额头，曾义血流满面，唐五吓得连连后退。关键时刻，曾义毫不畏惧，挥动扁担，一下子打在了瘦猴的腰上，瘦猴倒地翻滚。唐五也鼓起勇气迎上还击，拿起棍子击打另一个手拿短刀的歹人手臂。忙乱之中，艾六趁机挑起一担川盐，往山下跑去。一个歹人见了，上前拉扯其中一个布袋，艾六被扯得跌跌撞撞，那只口袋也碰到一块尖石块上，他放弃了这个布袋，背起另一个布袋往山下跑。趁着歹人既兴奋又心疼地喊着："盐，盐！"曾义和唐五各背起一只布袋紧跟着艾六身后撤退。可歹人怎舍得丢弃到手的宝贝，嘴里吼着、吆喝着，上前拉扯纠缠。情急之下，曾义拾捡起一块尖石块，把两只布袋划破，好让那白花花的盐撒落一地。唐五则抓起一把盐往山匪的眼里撒去。到最后，两人把两条空布袋当作武器，在空中呼呼地挥舞几回，蓦地往空中一抛。歹人忌惮踩脏了白盐，气得又叫又跳，曾义对唐五使了个眼色,迅速追赶艾六去了。

二

经此一劫,他们只剩下四分之一货物。三人心情沉重,眼下的一袋盐就算安全无恙,也只能保住本金了。然而,祸不单行的是,快到集镇时,他们又遇到了官兵巡捕。情急之中,三人兵分三路,曾义一人扛着这袋盐闯进了一个农户的院落。

院子里只有一个白头老妇在家。头上血迹未干的曾义进门后,放下布袋,一下子跪在老妇面前:"身后巡捕紧追,请求老人家菩萨心肠,收留收留我吧!"

"你这口袋里装的是什么?"

"川……川盐,这是我一年的工钱哪。"

老妇犹豫了片刻,听到屋外传来巡捕们急促喊叫的声音,便把大门拴紧,让曾义把布袋背进灶屋。

这户人家只有两间房子一个后院,根本无法藏匿这么大的布袋。老妇说,既然是川盐,那就撒进我的水缸吧。水在，盐就在。于是，曾义把一布袋盐哗啦啦倒进了水缸。老妇又指了指后院的围墙。围墙边上有一棵歪脖子枣树，只要攀上树枝，很容易就能翻墙逃走。曾义拿起空布袋，往院子里跑去。

这时，屋外响起了"砰砰砰"撞门的声音，巡捕来了。

老妇拿了一根擀面杖，在水缸里拼命地搅拌起来。接着，她走进院子，只见枣树枝头挂着那个装盐的布袋。肯定是那人慌乱中扯下的。她想。院子角落有个牲口吃食的石槽，上面堆放着一些秸秆，老妇起身，把布袋塞进了石槽底下，又把秸秆盖上。这才拍拍手，从容地去前院把门打开。

三个巡捕进屋后，开始翻箱倒柜到处搜寻。进屋前，邻里间有线人报信，说是亲眼见到一个陌生男人扛着布袋进了屋。这次可来个人赃俱获。怎奈搜遍了梁上地下，除了这户人家灶屋的盐罐里有一两斤黄不拉叽的海盐，其他地方根本没有见到想象中的雪白的川盐。至于大活人，更是不见踪影。

领头的胖巡捕毕竟经验丰富。他背着手在后院的枣树旁站了一会儿，发现了树皮上新鲜的踩踏痕迹，就明白了怎么回事。

"走吧！"

胖巡捕转身欲走，走到门前，他喊了一声口渴，便转身走进灶屋，拿起水瓢就要朝水缸里舀水喝。老妇脸色骤变，情急之下，她笑着说："茅舍昨晚闹了鼠患，今日一早在水缸里发现一只死老鼠，老鼠是捞起来了，但水还没有来得及换掉。"

"晦气！"胖巡捕骂骂咧咧，"要是主动举报私盐贩子，官爷大大有赏，要是敢知情不报，小心我治你一个窝藏之罪！"他恶狠狠地说。

巡捕们甩门而去。老妇双手按住胸口，嘴里喃喃地不停念叨着："阿弥陀佛！"

三

傍晚时分，一个瘦小的男子弓着腰进了这户农家大门。他是老妇的独子天顺，跟随一帮不务正业之人上山为寇，打劫过往客商。见他面露痛苦之色，老母赶紧上前问他发生了何事。天顺就把今天在山上打劫一伙私盐贩子的经过讲了。"这些私盐贩子生得一副硬骨头,以死相拼,被一个领头的家伙用扁担打中了腰部,如今腰痛得厉害,咳嗽都痛,只能暂时回家疗伤。不过,那个家伙的脑门也被我们的人用石头敲破了。"

"你们抢到东西了吗?"老妇心里一震,莫不是……

"他们只丢下两包盐,走的时候还把两只布袋戳了一个大洞,没法背回去,只好就地把盐分了。真是白花花的好盐,蘸一点儿放在嘴角,真是咸得纯,一点儿都不苦。你瞧,我都忘了,我分了一小包,你打开瞧瞧,比官家的淮盐好多了。"

老妇打开布袋子,看到白花花的盐,跟今天倒进水缸的盐一模一样,心里就完全明白了。

"娘,你给我煮点茶饮一饮,渴死啦!"天顺叫唤着,"就煮上次抢回来的福建茶商的那块砖茶。"

母亲点点头,走进灶屋,提着水桶去后院打水。

"都渴死了,还打什么水,直接用水缸里的水煮茶不好吗？"

"那么好的茶叶，当然要用新鲜的井水煮才好。"

天顺不再说什么，但他心里好生疑惑：水缸里的水不是我早上出门的时候才打起来的吗？

喝了茶，歇了口气，母亲又给他做晚饭。天顺观察到，母亲依旧不用水缸里的水，只是自己去井里打水。

这让天顺心里的疑惑更重了。晚饭后，他趁母亲不注意，舀了一点水缸里的水，尝了一口，高纯度的盐水齁得他"扑哧"一下吐了满地。他只好提了木桶，忍着腰痛，去院里打井水解渴。

"老娘到底在搞什么名堂？"他心里嘀咕着，恨不得立刻就找母亲问个明白。但母亲睡房里传来的轻微鼾声让他打消了念头。等到天亮吧！

腰部的伤痛一直缠着天顺，加上这一天事事不顺，他怎么也睡不着。这时，天顺听到屋外响起敲门声：

"咚咚，咚咚咚。"

"咚咚，咚咚咚。"

天顺一下子警觉起来，他不顾腰痛，撑着身子就要起床去看。黑灯瞎火,他把一个铜镜弄到了地上,发出脆响。

这时,隔壁房间的老母已经先他一步起了床,老母举着蜡烛走了过来:"你腰痛,我去看看。"

老妇朝门外走。她的心里像是掉进一只水桶的深井,水波翻滚。她担心的事情似乎正在发生。在烛光的照耀下,透过门缝,她看到了门外那个男人额头上那块长长的疤痕。

天顺手里拿着一根擀面杖,刚走到门廊,就听到了大门两侧,母亲和屋外人的对话。

"婆婆,是我!开开门!"一个陌生男人谨慎的声音。

"是你!"

"能让我进来吗?"

"现在?不方便。"

"那……盐还在吗?"

"还在水缸里。"

"没人发现吧?"

"没。"

"那你什么时候方便,我来你家,把缸里的水煮了,把盐蒸出来。"

"你过三日再来,我儿子回来了。"

"谢谢你了,我们三人一年的工钱全部都在这盐里了。我给您磕头了。"

"谢谢老人家了!"又传来两个陌生男人的声音。原来,曾义是带着唐五和艾六一起过来的。

……

⑭

"娘,那人到底是谁?水缸里的盐水又是怎么回事?"天顺冷冷的一句话,让母亲手中的蜡烛差点掉到地上。

老妇叹了口气:"进屋吧,既然你都知道了,我就告诉你吧。"

在昏暗的烛光下,老妇把盐贩子逃到家里避难的事和盘而出。

"真是冤家路窄!这个该死的盐贩子,自己把盐送到我家了。"渐渐地，天顺脸上浮现出得意的笑，笑得腰弯了起来，"三天后，你就告诉他，说盐被巡捕喝水发现了，连水缸都被抬走了。"

"我不能这样做。这样做不道义啊！"

"这些胆大妄为的私盐贩子，跟他们还讲什么道义？"

"我看他们也是守道义的。今晚，那个男子就带着他的同伙一起来了。他至少没有欺骗他的同伙。"

"那是他们的事。谁让他们做坏事遇上我了。"

"话不能这么说，他们是老实人，如今这年头，官盐又贵又难吃，到处都有人贩私盐。他们冒险这一行肯定也是有苦衷。"

"能有什么苦衷？我看，人为财死鸟为食亡，就是为了赚快钱罢了！"天顺说得不耐烦了，他一激动，抬手做了个手势，胳膊又触动了腰部，他疼得叫了起来："哎哟，我这腰！"

"儿啊，"母亲叹了一口气，"你叫我说什么好呢！你现在这个行当，不也是在赚快钱吗？我跟你说破了天、说烂了嘴，叫你做点正事，你何曾听过我的劝告？如果听了，又怎么会落下这腰伤？"

"世道艰难，劫富济贫，替天行道。我们只抢有钱人，不做祸害穷人的事。"

"可盐贩子明明就是穷人，也被你抢了。"

"装的！我被他们打了，你还替他们说话！"他又气得哼哼起来。

"我怎么会帮他们说话呢？我只是想，我不会举报自己的儿子，我也不会举报私盐贩子。"

"好好好，你就好人做到底，我们不举报。可我受了他们的害，你又帮了他们的忙，到时候让他们把盐分一半给我们，行吧？"

"如果我要了他的盐，哪怕是一小把，我不就成了趁火打劫的人了？我劝不动你，难道你也要拉老母亲下水吗？"

天顺不说话了。

"孩儿，你晓得我为什么愿意藏纳他的私盐吗？"母亲的眼泪流了下来。

这时，屋外响起了咚咚咚的敲门声。

"查夜，查夜！"是官府巡捕的粗嗓门。

天顺赶紧吹灭了蜡烛。老妇的心猛地沉了下去。她按住儿子的肩膀，移足往门外缓行。从门缝里，她看到了屋外举起的火把，看到了火光中胖巡捕的大脸。

"夜间可曾见过陌生男子？"

"没有，没有，只有我……一人在家。"老妇话说到一半时，舌头打了个结。她想起自家儿子早就不容于官府了。

"适才还见到有人夜行，怎么转眼就不见了？真见鬼！"胖巡捕见屋内一片漆黑，嘟嘟囔囔地离去了。三日前，他已在街头巷尾布下了眼线。

忍痛爬上了后院枣树的天顺，重重地从树杈上摔了下来。老妇赶紧一路疾走，俯身去扶起儿子。

"娘，你刚才话没说完。"天顺的脸色终于缓和了一点。

"我是想到了你呀！你以后倘若被官兵追捕，求人家收留你，我希望别人也能收留你呀……"

这句话，仿佛一把利刃划了一下他的心，天顺仰头吃惊地盯着母亲。他看见母亲两鬓的白发，额头的皱纹，耷拉的眼角，还有那欲言又止的嘴角……多少次，就是这位善良而又无奈的母亲，坐在昏暗的烛光下，苦口婆心地劝他弃恶从善，但是，他从来没有真正放在心上。

顷刻之间，他已然打定了主意："风声太紧，劝那人稍待时日再来，到时我且进山回避。"

"儿啊，你这次养好伤，可千万不要再回去了！"

"也好，我去寻一份安分的营生做。"

"喔喔喔——"街巷里传来一阵公鸡打鸣声。天就要亮了。

《盐之劫》

循阳①风俗，亦颇淳朴，而独苦于剽盗，皆出于章贡贩䴭②之徒。盖江西之盐，仰给③于通、泰，地邈而价穷；由惠州私贩以往，地近而价廉，乃奸猾失业之民，逃亡配隶之卒，急于射利④，法禁难施。赣与循为邻壤，私贩往来，十百为群，取道境内，吏不敢呵，小失其意，则弛担剽掠，已而遁入于赣。虽欲收捕而不可得。

——〔清〕徐松《宋会要辑稿》

① 循阳：位于今广东省东部。
② 贩䴭："䴭"在汉语中是盐的别名，"贩䴭"指贩卖私盐的活动。
③ 仰给：依赖。
④ 射利：谋取财利。

天堂寨

一

寨子已经被围了六个月,从暮春一直到深秋。绵亘数百里的山脉层峦叠嶂,林深树密。春日的天堂山,山花浪漫,红蕊映日,竹笋如林,百鸟欢唱;夏日的天堂山,葱翠欲滴,绿荫连天,清泉飞泻;秋日的天堂山,霜叶红似火,白芒满山飘。但无论是什么样的季节,山总是那么高,天总是那么蓝,天上的云朵总是那么白,如同柔柔的棉絮,游走不居,似远似近,让人觉得举起竹竿就能触碰。要是真的是棉絮就好了。坚守山寨的义军身上的单衣总是提醒着他们,这里不是故土家园。棉衣还在老家的衣橱里,寒气再重,他们也只能缩着脖子,想想就罢了。

如果没有山寨外的官兵"围剿",如果没有隔一段时间就令人胆战心惊的攻城和厮杀,这个寨子的确算得上是天堂寨。

寨子里有男女老少，有塾师，有郎中，有师爷，有仓库兵库，有铁匠有木匠有石匠，有菜园旱地，也养了猪鸡牛羊。方圆七八里，有茂林修竹，有小桥流水。甚至还有一座寺庙，就叫天堂寺。实际上，寺庙比寨子更久远。在战火中，寨子纵然千疮百孔，但寺庙却钟声依旧。城墙是用麻石砌成的，那种粗粝的麻石条，大的重达数吨，小的也有几百斤之巨，固若金汤，易守难攻，谅官兵也没那么容易偷袭攻破。寨子周围，哨卡林立，步步为营，纪律严明，只有城在，这里就是天堂的模样。

但天堂虽好，也不是样样称心如意。最大的困难就是，米粮坐吃山空，公仓已经逐渐空虚了。山里没有水田，无法种植稻禾，就算有，也没有谷种。当初上山之时，谁能料到官军竟能"围剿"如此之久？

但情况还不至于到达最坏的境地。值得安慰的有两件事。一件事，天堂寨只是这大别山脉蕲黄四十八寨之一。数年来，四十八寨早已结盟，一寨被围，他寨都在密谋营救，不会隔岸观火，只是时机未到而已。另一件事是，时值兵荒马乱之际，天下四处狼烟，围寨之官兵虽是朝廷所出，但并无后援，他们的粮草也快消耗殆尽。眼下，攻守双方都在静待时机。谁也不能靠主动出击获胜，靠的只能是看谁更能熬。

二

当然，他们不是没有想过突围。但官军首领吕将军早年戍守西北，多次征战胡虏，久经沙场，绝非等闲之辈，他深知兵不厌诈的道理。在官兵的营内，粮食也已经告急多日，他派出的征粮人马到了县城，县衙已被另外一支来自四川的起义军劫掠一空，县令远遁他乡，官家粮库预备仓空空如也，有的甚至被付之一炬，周边几个县府莫不如此。时值多事之秋，京师也无暇他顾，各地官兵都只能自保，哪有力量支援他们。吕部大多数军士每日只能吃个半饱。尽管如此，但总有一小队精锐分队，每日精神抖擞，骑着战马在山寨下叫阵，身后的步兵则敲着牛皮战鼓，咚咚震天作响。战马先是绕城小步徘徊，继而嘶鸣疾步，尘土飞扬。一开始，守寨的义军见此等阵仗，立刻吹响牛角军号，发出战斗警报，寨子里的男女老少，均放下手中之事，即可各司其职，进入战斗戒备状态。但连续三日，只见敌军只是围而不攻，也就不再过分紧张。到后来，他们把敌人的虚张声势，笑称为"遛马击鼓"。

每日早中晚三次，寨子里的义军统领梅将军必定会收到守寨兵勇这样的禀报："禀报将军，官匪又开始遛马了！"

"知道了。"

这就是梅将军的回答。细心的兵勇注意到，原本声音洪亮的梅将军的回答声越来越小——连将军都已经没法吃饱了。每个人的口粮已经从立秋时的七成，降到了六成、五成、四成。不足的部分，只能发动非战斗人员去寨子后山寻找些野菜、葛根，还有春天时大量囤积的干笋。原本，他们只是打算把干笋带回山下的家里去吃的，想不到这个时候派上了用场。好在靠山吃山，人们还能在山上铺设陷阱，捕捉到一两只兔子或者野山羊，孩子们则上树掏一掏鸟窝，找些鸟蛋来填填永远也吃不饱的肚皮。

当然，也不是每个人都吃不饱。总有大约不超过二十个人尚能吃饱。那就是每日在城寨上巡视、戒备，时刻暴露在敌军眼前的那些勇士。梅将军下达了一道特别的命令，城头兵勇一定要精神抖擞地出现在敌军的视线之中。现在，谁也不知道对方的虚实。一定不能在锐气上输给了敌军。

在兵不厌诈这个亘古不变的战争策略上，围攻的官军总有更多的办法。吕将军命令营中伙夫每日早中晚准时生火做饭，多放湿柴，务必使得浓烟升腾，让寨子里的"匪军"望得真切。不可因米粮不够，三餐减至两餐而减少炊烟飘起的次数。同时，他还派出一支人马，拖着树枝在林间穿行，大造声势，让守寨的"匪军"以为山外有军粮辎重驰援。

于此又是半月，远据高山之巅的山寨之内，气温骤降，野兽藏起来了，野菜野果也过了季节。饥寒交迫之下，山寨将士士气愈加低落。山里所出产的吃食也越来越少，满寨之人无不面黄肌瘦，形同枯槁。

官军的境况也是半斤八两。先是，他们每日"遛马"的次数减少了，从三次到两次，再到一次。接着,"遛马"的阵仗也越来越小家子气。从八匹马到五匹马,再到三匹马。官军的战鼓声也不再那么高亢激越,以往鼓声震天,走兽惊扰,如今似乎连近在咫尺的鸟雀也不再惊飞了。又过了半个月,"遛马"现象完全绝迹。战鼓声再也没有在山林里响起。而城寨之上的守城兵勇们手中的长矛弓箭似乎也拿得松松垮垮,在城墙之上晃动的人影也越来越少。他们更多时候是躲在城垛之下休息,或坐或躺,这样才能更好地节省体力。

无论是山寨还是官军的营地,都是静悄悄的,毫无生气。这两座堡垒好像早已被山下的世界遗忘。外面的世界跟他们无关,对方的存在反而成了自身存在的唯一理由。有时候,双方士兵甚至希望耳边能传来对方的喊杀喊打之声,成也好败也罢,干脆拼一场,打破这要命的僵局。然而,对梅将军和吕将军来说,他们绝不会如此意气用事。官军和义军是不共戴天的敌人,这一点永远不会改变。直到世界的末日,他们也是敌人。只要有一息尚存,他们就绝不能向对方投降,这是他们各自的使命。

三

"将军,请用餐。"

兵士们给梅将军端来了早餐。早餐是一根煮熟的带须红薯,还有一碗照得见影子的清水粥。梅将军当然知道,这是他和几名高级将领才能享受的待遇。其他普通士兵和家眷,早已只能啃草根树皮了。

"把我的这份口粮分给巡逻的将士!"

梅将军一如既往地这样说。他的早餐已经完全用一壶浓茶取代了。庆幸的是,茶叶是山寨的特产,他们还有一些私藏。通过品饮发酵过的红茶,能够缓解肠胃蠕动带来的饥饿感。其他高级将领也效仿最高首领。于是,守城的兵勇们,在激动的热泪中,获得了双份口粮。这样,他们还能勉强维持一个勇士的形象。尽管他们已经有半个月再也没有看到敌军的踪迹了——除了敌营里每日三次按时升腾起的袅袅炊烟。

又过了半个月,饿死人的事件终于不可避免地发生了。先是年老体弱的家眷,接着是生病的孩童,接着是身负重任的战士……是守是降?这是一个摆在最高首领面前无法回避的抉择。

冬至日的前夜,梅将军召开了最高军事会议。列席参会的还有后勤事务官。他是梅将军的心腹,掌管山寨粮仓的钥匙。

"六袋大米,合约一百五十斤。"事务官无须眼看账簿,报出了全部家底。

"明早打开山寨城门,将四袋大米搬到城门之下。"梅将军说出了他的决定。为了这个决定,他已经连续思索了七天七夜,喝下了七七四十九壶红茶浓汤。

所有人都面面相觑。

位列第二的副将张将军甚至从席子上站了起来。毫无疑问,以他为首的众人脑子里蹦出的第一个念头是:"梅将军已经饿得神志不清了。"

梅将军没有看张将军一眼,他只是盯着事务官又补充了一句:"剩下的两袋,全部煮野菜粥,让战士们分而食之。"

军令如山。

次日早晨,阳光照耀山寨城头。城门的吊桥放下，四袋大米被码放在麻石砌成的城墙根。吊桥又缓缓关闭。城墙上，义旗高展，巡逻兵依旧巡视。天堂寺的钟磬悠扬，木鱼声不紧不慢。

一个守城的勇士双手拢成喇叭状，朝官军营中大喊："过节了，赠一些粮食，吃一顿饱饭吧！"

如此大喊三声。

半晌，官军中有数人举矛持盾，一步一步挪到城墙之下。打开麻布袋，果真是白花花的大米，像碎银子一样闪着光泽。

他们丢下大米，踉跄着回营禀报。

是日，官军撤营而去。天堂寨得以保全。

《天堂寨》

  天堂砦[1]者，巴水之源出焉。在南朝，为酉阳巴水蛮之领地。淮南之万山至此而特起，四垂于鄂皖豫之边徼……山行岑崿[2]而斗绝，迎面壁[3]立。其巅则平宽而高朗，犹有昔人走马肄射[4]之广原；席[5]其饶余，可牧可守。

——〔清〕王葆心《蕲黄四十八砦纪事》

  [1] 天堂砦：砦，同"寨"，守卫用的栅栏、营垒。天堂砦即天堂寨，位于大别山的主峰（湖北罗田县与安徽金寨县交界的地方），与多云山紧连，寨境峦翠涧幽，云深石奇，唐宋时期被探险者关注。
  [2] 岑崿：指山峰高耸、险峻的景象。
  [3] 壁：像墙壁一样。
  [4] 肄射：练习射箭。
  [5] 席：凭借；倚仗。

袁门变

立谁

有那么一阵子,袁太尉的世界变小了。

年轻气盛时的他,放眼所至,看到的是汉室,是天下,是大河南北;而如今,他不再开口闭口谈论天下,忧存社稷,他的目光缩小,拉回,最终集中在袁府家事上。确切地说,他把目光更多地投放在自己的三个儿子身上。

是啊,人都是会老的,英雄总会迟暮。他也会一天天老去,这原本就没什么大不了的。朝纲倾倒,中原逐鹿,豪杰并起,未来的天下,姓刘姓袁,未知其可!可是,袁家的天下,终归要有一个人坐上大位的。

三个儿子,长子袁谭,次子袁熙,少子袁尚,各有所长,该立谁?袁氏江山,是靠袁太尉铁马金戈、披肝沥胆打下的，谁来守住袁氏的江山？比起号令天下，比起攻城略地，比起一次战役的胜负，这个事才是千秋大业的根基所在啊！

在汉末之时，这原本不是问题。自周朝以来，嫡长子继承大位是古制，立谁不立谁，难道是一个值得忧心的难题吗？

世事如棋局局新，人非草木皆有情。正因人是血肉之躯，有亲疏远近，才有了袁太尉的立储之难。

少子袁尚，乃袁太尉的宠妻刘氏所生，子凭母贵，刘氏又日夜在袁太尉的耳边吹风，自然就对少子厚看三分。这是其一。其二，少子姿容甚美，身高七尺，浓眉高鼻，眉宇之中英气凌然，乃袁氏一族少见的美男子。跟两个兄长相比，袁尚自幼与父亲相处较多，又兼之伶牙俐齿，怎不让父亲怜爱？身边人不用细问，单就袁太尉看少子的眼神里藏着的百般温情，就能看出他内心的天平已经倾向了少子。

此情此景，有人喜欢有人忧。忧虑的人除了长子袁谭，还有一人——谋士沮授。

谏诤

"主公听说过晋国嫡庶之乱的故事吗？"

"晋国六七百年，你说的是哪一朝哪一代？"

"晋献公诸公子的故事。"

"你讲来听听。"

"晋献公众公子之中，太子申生，公子重耳、夷吾三人都有令人称道的贤良品行。世人也都希望传位于太子。但献公却有意不守古制，让太子远居曲沃，公子重耳居蒲，公子夷吾居屈，自己与骊姬所生之子奚齐住在都城绛，自此晋国之乱就开始了。公子重耳外出流亡十九年，辗转八个诸侯国，在秦穆公的帮助下，又回国当上了国君。立嗣之乱，让晋国乱了十九年。"

"以你的意思，该立谁为储君？"

"公子谭为嫡长子，当立。"

"我倒有个想法。古之立长，我何尝不知？但古往今来，又有多少长子不贤少德，最终奉送了江山，毁了社稷。不如，我让三子各自守一州郡，看一年后，谁最贤能，胜出者可得到大位。"

沮授想再说点什么，却被袁太尉做了个退下的手势，叫停了。

于是，长子袁谭外派为青州刺史，次子袁熙外派为幽州刺史。少子袁尚则留在了自己身边。

袁太尉的意图再清楚不过了。长子和次子外派，而少子却日夜留在都城，留在自己身边——这不正是步了当年晋献公的后尘吗？

袁谭自然是聪明人。临行前夜，月明星稀，袁谭在自家府中备得酒宴，请沮授前来一叙。

酒过三巡，袁谭不由得心生感慨："明早我即将前往青州，敢问先生有什么赐教的吗？"

沮授环顾满座宾客，举起酒樽，上前为公子祝酒："公子一路顺风。"

除此之外，再无他言。袁谭为人宽仁，有长兄之风。他知道，在父亲众多的谋士忠臣中，沮授无论是在忠心还是才华方面，均无人能出其右。如果不能从他这里讨得良策，更无可能从其他人身上寻得安身之术。

又是一番推杯换盏，两人已是微醺。袁谭不再多问，他起身来到沮授身边，恭敬地说："难得今夜月明，又难得饮酒尽兴，不如陪我去我刚刚建好的'望月楼'共赏明月，如何？"

沮授已是步履不稳，袁谭又躬身搀扶，他推辞不过，就跟着长公子步行到了望月楼。

楼高五六丈，需乘长梯方能登到楼顶。

两人拾级而上，登至楼顶，袁谭命人拆去了木梯。

袁谭跪拜在沮授面前："适才宴席之上，耳目众多，先生不方便为我指点明路，现在我们在高楼之上，上不着天、下不着地，先生的话只入我一个人的耳朵，能为我指点迷津吗？"

见长公子言辞恳切，沮授赶紧把他扶起来，意味深长地说："我原本跟你父亲讲过晋国诸公子的故事，可惜他并没有听进去。我也不妨跟你讲讲。晋献公打算立幼子奚齐，他的三个哥哥都陷入了危险境地。太子申生留在国内，几次被陷害，最后自杀而死；重耳流亡多国，虽然颠沛流离，但最后却安然无恙……"

"先生之言，感恩不尽。"

次日，袁谭赴青州上任，不再回头。

生变

袁太尉与大将军曹操在官渡打了一场大仗。

原本，这是一场稳操胜券的仗。曾经有那么几次时机，他几乎就成了最终收拾残局的王者。其中一次是这样的：左将军刘备与曹大将军闹翻了，曹大将军率军出击刘备。

沮授献策说："赶紧趁曹大将军兵马未定之时，从背部袭击曹军，定可一举拿下曹操。"

就在这时，袁太尉的爱子袁尚生病了。袁太尉说："等犬子病好了再说吧。"

爱子的病自然是好了，可稍纵即逝的良机再也没有回来了。

又过了一百多日，战场来回斗争了几百回，袁太尉的大军越战越败，越战越少，连他最忠诚、最智慧的谋士沮授也成了曹操的阶下囚。曹操欣赏沮授的才华，不忍杀他，用优厚的待遇笼络他。但沮授毕竟是忠诚之士，他想办法逃离，到最后，他和同他并肩作战的袁谭只带着八百骑士渡河，回到冀州城，守城不出。

袁太尉病了，病得相当严重。发病太快了，快得让他没有时间定下大位归属何人。

上阵父子兵。大敌当前，长子袁谭率青州之兵马，跟随父亲南征北战，出生入死，当立。这是大多数人的看法。嫡庶之争几乎可以尘埃落定了。

但偏偏就发生了一个插曲。沮授不在了，守在病榻边的谋臣变成了逢纪、审配。这两人为袁太尉心腹，行为举止多有骄纵，而这些被正直的袁谭看在眼里，他多次向父亲指摘二人的过失，但无奈均被父亲原谅。恰在此时，袁太尉宠妻刘氏又对逢纪、审配二人大加厚赏拉拢。于是，一封假遗书出现了：袁尚立为接班人。

袁谭当然也不是等闲之辈。他知道他为什么失去了袁门至尊大位，他也知道此时并非内斗之时，袁家的劲敌仍然对袁氏一门虎视眈眈。他深知,对胸怀天下、智识非凡的劲敌曹操来说,他不可能不斩草除根。

于是,袁谭自命车骑将军,主动出击曹军。但此时的袁氏主公是他的弟弟袁尚。他只得到区区五千人马。他向弟弟请兵,审配却向新主公耳语献策:"卧榻之侧,虎视眈眈。何不借刀杀人?"

新主公心知肚明,回复兄长:"城中士卒匮乏,再没有更多人马可派了。车骑将军多多担待!"

"若是不能增派兵马,那就派逢纪随我出征吧!"

"可令逢纪随行。"

出征当日,袁谭立斩逢纪于帐中。快意恩仇是他的性情。

曹操率人军攻打袁谭,袁谭向袁尚求救。袁尚带兵相助,与曹操的军队相持不下。袁氏兄弟被曹军包围,连续数月,只好连夜逃出城里。曹操追击时,袁尚迎击而上,大破曹军。袁谭要求多带兵马乘胜追击,但袁尚却疑心袁谭带了兵会与曹军联合进攻自己,既不愿意派兵给兄长,也不愿意给予兵甲粮草。

小人构陷，让嫡长子痛失大位，如今大难当头，又疑神疑鬼，这样的兄弟还认他作甚？新仇旧恨一起涌上心头。盛怒之下，袁谭引兵攻打袁尚。一场天昏地暗的恶战下来，袁谭兵马不足，败走他城。

堂堂车骑将军怎么受得了这样的窝囊气！他在青州的部下王修率军前往接应，袁谭问："有什么好办法对付袁尚那个小子吗？"

王修说："兄弟就如同人之左右手，如果一个人用左手对付右手，说，我肯定能用左手打败右手，这样又有何用？兄弟不亲，天下还有何人能信任？你们兄弟二人如果能重归于好，除掉身边的奸佞小人，这样才能对付共同的敌人曹操啊！"

有那么一刹那，眼前的王修让袁谭想起了父亲的忠臣沮授。但王修不是沮授。沮授是苦劝父亲立嫡长子的，怎奈造化弄人，明明身为嫡长子，勇谋兼备，德配其位，却与大位失之交臂。而如今，袁氏大业竟然被庶子所把持，他又如何能咽下这口气？他又何尝想走到手足相残这一步？如果袁尚把大位拱手奉还，他还能跟他叙叙兄弟之情，可现在，此门不通！

不但是王修看不下去了，荆州刺史刘表也给袁谭写了一封劝和信。刘表身为汉室后裔，亲见董卓当道时，袁太尉与其分庭抗礼，挂印而去的英雄气概，他实在不忍心豪门之后落得如此分裂。袁氏一门忠烈，令天下英雄折腰。要想成就霸业，怎么能远离兄弟，去靠近外人呢？你们兄弟要和好如初才行啊！

刘表不但给袁谭写了信，还给袁尚写了。自然，两封言辞恳切的书信都是泥牛入海了。

灭门

这厢，曹操正为袁氏兄弟而苦恼。乃父袁太尉为一世枭雄，儿子自然也不是等闲辈。

听闻袁谭、袁尚兄弟不和，曹操大喜。既然龙虎相斗，他何不择其一端而拉拢，为我所用？他亲自率军前来营救袁谭。同时，他又派兵攻打袁尚最后的守城，把袁尚打得落花流水，狼狈逃去。

这个时候，当年跟逢纪一起假传遗命的审配也给袁谭写了一封信，他用最真诚的语言，把袁谭的友

善、孝顺、聪明、敏达大大夸奖了一番,最后劝说兄弟为了袁氏大业,应该和好如初。收到这样的来信,袁谭只是一焚了之,并无二话。跳梁小丑！袁谭心中鄙夷,当初如果你也跟随行军,你早已成了我的刀下鬼了。

但是,袁谭当然知道谁是真正的最大的敌人。从始至终,他的头脑一直是清醒的。他假装接受曹操的拉拢帮助,实际上却暗地里刻了一些印章,私下交给从袁尚那里叛变的袁氏部将。

袁谭的计谋被发觉了,他一不做二不休,公开背叛了曹操。曹操派兵追杀。袁谭骑着白马,披着长发,装扮非常,一路奔逃。曹操的将士见这个人肯定不是常人,立功心切,哪敢就此放过？

忽然,马失前蹄,袁谭骤然跌落下马。他回头对追赶的人说:"来吧,小儿,我能让你富贵！"

话音未落,袁谭的人头已经落地了。

三子已取一子,曹操喜不自禁。老二袁熙原在幽州,部将造反,袁熙遁走。袁尚与袁熙会合,共奔乌桓。曹操又征讨乌桓,袁氏兄弟又败走。最后一站,他们想去辽东找辽东太守公孙康碰碰运气。

　　袁尚毕竟是做过主公的人，加之勇力过人，他对哥哥说："公孙康跟我们袁氏相比，算得了什么，见了他，我一个人就能当场控制他，把他的地方占了，再图将来！"

　　在进入公孙康的营帐之前，袁熙忽然生出一阵莫名的恐惧，他扯了扯弟弟的衣袖。袁尚回头一笑，大步踏入。袁熙只好硬着头皮跟在身后。

　　二人还没来得及坐下，公孙康的手下兵勇从天而降，将两人擒拿，捆绑得结结实实，像扔口袋一样，撂在寒冷的野地。

　　"人还没死呢，太冷了，拿张席子过来！"素来锦衣玉食的袁尚冻得瑟瑟发抖。

　　"你的头马上就要行万里路呢，还要糟蹋席子作甚？"公孙康捋须大笑。他终究是这里的主人。

　　血光之间，袁氏二子首级落地。公孙康命人装入匣中，连夜送往曹营请功去了。

《袁门变》

尚有勇力,先与熙谋曰:"今到辽东,康必见我,我独为兄手击之,且据其郡,犹可以自广①也。"康亦心规②取尚以为功,乃先置精勇于厩中,然后请尚、熙。熙疑不欲进,尚强之,遂与俱入。未及坐,康叱伏兵禽下,坐于冻地。尚谓康曰:"未死之间,寒不可忍,可相与席。"康曰:"卿头颅方行万里,何席之为!"遂斩首送之③。

——〔南朝宋〕范晔《后汉书》卷七十四下·袁绍刘表列传第六十四下

① 广:扩大。
② 规:谋划。
③ 之:指曹操。

太医乱

一

太医秦鸣鹤战战兢兢地跟着侍者，走进了皇帝的寝宫。

秦鸣鹤是一个年逾古稀的老者，须发皆白，精神矍铄。此刻，他的步子里却带着几分凌乱。该来的这一天终于来了。

现在，这个颤巍巍的老者奉武皇后之命，为一个年仅三十三岁的年轻人治病。这个年轻人就是当今皇帝。作为太医署皇帝御医中的一员，秦鸣鹤以专治风眩之疾而闻名遐迩。而据同僚说，年轻的皇帝所患的正是风疾，肥胖，头晕目眩，双眼视力严重下降。据小道消息，皇帝已经无法阅视大臣们的奏章。为风疾所苦的他，干脆将朝政大小事宜交于皇后处理。这也许就是当朝皇后垂帘听政的直接原因吧。

当然，正如天下人所议论的，皇帝龙体事关国家社稷兴衰，从升斗小民到武皇后，谁都不愿意看到英明的皇帝为疾病所苦。那么，为什么皇后一直等到现在才请名声最大的秦鸣鹤为皇帝诊治风疾呢？自古以来，伴君如伴虎，作为皇帝身边的御医亦不例外。治好皇帝的病，龙颜大悦，可得封侯加爵、金银珠宝之赏。一旦有所差池，或者医治失效，说不定会连自己性命也得搭进去。正如神医扁鹊所言："疾在腠理，汤熨之所及也；在骨髓，司命之所属。"从踏进宫门的那一刻，秦鸣鹤的心就一直悬而未坠，满面忧戚。

等到了皇帝内寝，他看到龙榻之上形容枯槁的皇上，看到了一旁威仪的武皇后，还看到另一位太医张文仲也站在她身后。就在张文仲用那一贯难以捉摸的眼神，冲他微微一笑的那一刻，他突然明白了什么。张文仲同样是太医中的高人，但与一般太医不同的是，他深得皇后宠幸，已被提擢为太医署郎中一职。他既然来了，却不治，等着秦某施治，居心何在？

"秦太医，张郎中对你的医术极为推崇，请赶紧为皇上把脉问诊吧。"

"朕头眩难支，连看近在手掌远的地方，也是模糊一片，照镜子，连镜子上都是一团雾气！难受至极！"生了病的皇帝说起话来跟凡人毫无二致。

事已至此，秦鸣鹤别无他选。他伸出手指为皇帝搭脉。从皇帝那只绵软无力的手腕上，这位京城的名医读出了脉象、心跳、经络、脏器的奥秘。他双眉紧锁，心潮如平川走马一般，久久不能平静。先贤"风眩瘊"的病源之说，他太熟悉不过了：依据《千金方》等历朝医理，风眩乃体虚多风，血气与脉，并入于脑，入于脑则脑转，脑转则目系紧，从而有此目不能视……这种病其实并非不治之症，搁在普通的病家身上，只需用银针在头顶上刺穿百会穴及脑户，使之出血，即可大为缓解病痛。可是，如今病人不是凡人，而是九五至尊的皇帝，难道也能在皇帝的头顶上刺针放血吗？想想就不可思议！

秦太医一时不语。他的内心却如同疾风骤雨般翻腾起来。之前的太医看诊时，是如何诊断的？他们又是如何讲述的？他们是开出药方保守治疗，还是像我一样，首先想到手术医治？又或者是，尽管他们也知道只有刺血法才有效,却因谨慎而缄口不提?……他的思绪如同秋风扫落叶,纷乱不已。在这微凉的秋天,他的额头已经微微冒出汗珠。

皇后发问了:"太医,可查出病因?"

"依老臣愚见,皇上所患乃风疾。"

皇后头顶的凤冠稍稍晃动了一下。

"有何疗治之策?"

"风疾一般可分一百二十四种情形。症状虽大同小异,但需要分不同情形而定。治疗之策,可用汤药,可用火艾,也有他法……若是不加区分,不能细加甄别,恐怕不能治病,反而会延误加重病情。"

"那圣上属于哪种情形,该用何药?"

"应属头风之症。老臣听闻之前太医前来诊治用药,不知能否看一下药方?"

"张太医?"皇后回头看了一眼同站在帘子后面的太医张文仲,似乎在征询他的意见。

"还是请秦太医自行开方吧。"张太医给出了他的建议。

"也是,秦太医医术盖世,岂需要步其他医家后尘?"皇后说。

秦太医的一只耳朵"嗡"地一下鸣响了起来。这话在一般场合听起来只是无足轻重的恭维之语,但在皇帝的病榻之前,此语一出,自然有"看你如何下台"的意味。他的眼神透过闪亮的帘子,与张太医的眼神相遇了。犹如石火电光一般,他读懂了上司眼中的全部内涵。人道同行是冤家,此言不虚。自从我来到太医署,为何张太医处处与我为敌?如今竟然不顾惯例,怂恿皇后将前任太医的药单秘而不宣,又是何居心?这对治疗皇上的疾苦又有何裨益?

想到这儿,秦太医又不由得细看了一眼病榻上皇上疲弱的病体。一股救死扶伤的天然的医者使命感油然而生。他决定不再顾虑这帘子背后那两个人的想法——他,是来为病人看病的。

二

秦太医再次把脉一番,给出了自己的对策:"有一良策,无须服药,可以治疗。臣不知当讲不当讲?"

"有什么法子,赶紧说来听听!"孱弱的皇帝竟然大声叫了起来。

"但讲无妨。"武皇后也露出了笑容。

"臣在民间多次为病家诊疗此症。可用银针刺头顶脑户和百会两穴,使出血,则可初愈……"

"大胆!"秦太医话音未落,暴怒的武皇后掀起了珍珠帘子,"就凭你说这样的话,现在我就可以把你推出去斩了!"

气氛一下子凝固了。

秦太医的脸上一片铁青,他双唇紧闭不语。此刻,若要顶嘴,恐怕更是凶多吉少。

"天子的头,难……难道也是可以刺针放……放血的吗?"皇后气得简直有点语无伦次了。

"臣下所言,只是医

家之说，绝无他意，请皇后明察。"这时，秦太医才不卑不亢地回应了一句。

"张太医，你有何意见？"武皇后给了身边的张太医一个眼色。

"禀皇上皇后，医理确有此说，以针刺头顶之穴位，可解风疾。但……"

"但是什么？"武皇后问。

"治风之法，针汤散灸均可。针刺脑户和百会两穴须十分精准，不可妄灸，深一寸浅一寸偏一寸，或流血过多，均会带来大灾。"

"怪哉，那之前你为朕治疗之时，怎么没有听你讲可用针刺之法？"皇帝吃力地睁开眼皮，发乌的嘴唇微微颤动着，"后来又请了七八位太医，怎么没听他们说可用此法？"

"这……"张太医一时语塞。

帘后的武皇后再也坐不安稳了："皇上，张太医和其他太医只怕是懂得不能轻易在皇上头顶刺针，才不敢提出针刺之法，也是一片赤诚之心。其由可恕。"

"你们倒是赤诚可嘉,可以宽恕,寡人的病却越来越重了!"

这一个"你们"显然是话里有话。皇帝虽然抱恙,但头脑可并不糊涂。

形势急转直下。皇后赶紧跪倒在龙床前。张太医也紧跟跪下磕头。

秦太医的目光微微扫视了一下皇帝,只见皇帝的脸庞通红,双目眼皮快速地翕动着,一只露出锦被的手低垂着,却紧握起了拳头。

"若陛下允许,微臣愿意斗胆以针刺之法,为陛下一试。"秦太医说。

"尽管放手去刺吧,你就像给乡下百姓治病一样,寡人不会怪罪先生的。"

一句"先生",让秦太医想起了当年的往事。

三

十年前,耳聪目明、年少有为的皇帝去闾里微服私访,慕名来到名医秦鸣鹤的家中。当时秦鸣鹤正在为一位躺在竹榻上已施了麻药的少女动手术,只见他用金刀割破了少女的头颅,鲜血从颅脑流淌而下。在场的人都吓得几乎不敢呼吸。大概过了一个时辰,包扎好伤口的少女突然缓过来一口气,像一个未曾患病的无事人一样,坐了起来。

待秦鸣鹤做完令人叹为观止的手术,皇帝便上前以先生相称,并邀他入宫。秦鸣鹤婉拒不能,这才进宫做了太医。

在武皇后和张文仲太医的见证之下,秦鸣鹤开始施治。首先,秦太医命宫女取来乳香酒半升,伺候皇上饮下。待皇上昏昏入睡之际,秦太医早已准备妥当,当即为皇帝施展了针刺头顶二穴之术。只见他手中的银针在皇上那举世无双的宝贵头颅上一起一落,皇后吓得闭上眼睛。只听见皇上的喉咙里发出"呀"的一声,头顶当即有暗血流出。

"手术已毕。"秦太医淡淡地说道,银针已经放回了医箱内。接下来,他什么也不需要做,什么也不能做,只需要等待。秦太医坐在病榻前闭目养神。

约莫半个时辰,皇帝睁开迷离的双眼,嘴唇变得红润。他的眼前一片澄澈,他激动地抓住守在身边的秦太医的手:"先生,我又看得见你额头上的皱纹了!就像一条条沟壑!"

闻听此言,武皇后从帘后走出,把手边一条珍贵的丝绸双手捧到秦太医面前:"这真是上天助我社稷呀!这个是我最喜欢的绸缎,赏赐给先生。"

这是何等的厚礼呀!

秦太医露出一副受宠若惊的样子,接过还带着皇后体温的绸缎,跪地长谢。

而一旁的太医张文仲的脸色红一阵青一阵,似乎要找个地缝钻下去才好。但皇上龙体安康比什么都重要,就算他之前主导的诊治有瑕疵,也会被如今的龙颜大悦所遮蔽。后宫的空气中也流淌着一派祥和的欢乐。张太医当然也深受感染,他立刻满面笑容地向皇帝、皇后道贺,又向秦太医道贺:"秦太医圣手,天下无双哪!"

等到秦太医走出宫门,才发现自己的履齿不知何时折断了一根。他俯身去查看,却感受到了宫廷的过道里吹来的冷冷秋风。

第二日,秦太医以夜受风寒、突染重疾为由,欲辞太医之职。皇上亲眼看到秦太医额头上那密布的皱纹和如雪白发,心有恻隐,恩准了。

三日后,秦太医携带家小离京,又回到了他自由自在的乡间闾里,重新做一个悬壶济世的民间郎中。

《太医乱》

唐高宗苦风眩,头目不能视。召侍医秦鸣鹤诊之。秦曰:"风毒上攻,若刺头出少血,愈①矣。"天后自帘中怒曰:"此可斩也。天子头上,岂是出血处耶?"鸣鹤叩头请命。上曰:"医人议病,理不加罪。且吾头重闷,殆②不能忍,出血未必不佳。朕意决矣。"命刺之。鸣鹤刺百会及脑户出血。上曰:"吾眼明矣。"

——〔唐〕胡璩《谭宾录》

① 愈:痊愈。
② 殆:几乎。

放牛郎

一

我叫盆子。没错,对老百姓来说,这是一个再俗气不过的名字。可我不是老百姓,我是个皇帝——但我根本不想当皇帝。

啊,累啊,太累了!这些一个个对我俯首称臣的公卿将帅——在我看来,他们都是我的各路主子;这些虚假的辞令、这些繁杂的礼节……让我头大心烦。我从来没有上过一天学堂,以前只是一个放牛郎,现在当了皇帝也没有多大长进。我哥刘茂教我说一句,我就鹦鹉学舌一样跟着学一句,反复关在内室里练习许多遍,有时还不得不借助他递给我的眼神或者手势,才能不至于慌乱得两眼只能盯着脚尖看。

终于等来了一个合适的时机。

正月初一,大年头一天,朝廷上下喜气洋洋。我的隐形上司樊太尉——这个朝廷真正的掌权者,带着群臣百官举行朝会。

我哥站出来向樊太尉先作揖了一番,又向所有的朝臣诸公鞠了一躬,说:"诸君共立我弟弟为帝,我们刘氏兄弟感恩戴德。可皇帝在位半年了,混乱的局面并没有改变,皇帝无能,还是更立一个有智慧的新皇帝吧!"

气氛一下子凝固了。朝臣面面相觑,他们自然知道,刘茂的意思肯定也是我的意思。只是他们没有想到,天下居然有不想做皇帝的人。

樊太尉自然也不是等闲之辈。他立即向我哥回礼:"这都是我和诸位朝臣的罪过,没有尽到辅佐之责!"

我承认我当不好皇帝,你们却把错都揽在自己怀里。这实在是叫我无言以对。

我哥又再次请求让我退位。

这时,樊太尉的一个心腹武将瞪眼呵斥我哥:"你管得未免太宽了!"

我哥半天不敢言语,起身离去了。

看着我哥的身影越来越小，我走下我的宝座，解开印绶，我已经没有退路了，唯一的出路就是以君王的身份向臣子樊太尉请求。

我朝樊太尉作揖道："我真的没有做皇帝的才干，请求你允许我把位子让给圣贤之人吧。如今天下乱成一团糟，盗贼四起，民不聊生，由我来担责吧！"

此话一出，我自己也愣了一下，在事先的预演时，我们从来没有说过这样的话。而在此之前，我也从未独立说出这么长的一段话。

我的话打动了群臣。樊太尉这个心硬如铁的汉子，竟然落泪了。

他擦了眼泪，走上前，双手将我搀扶起身，把绶带又重新系在我的腰间。

二

还得从我的家世说起。

我是泰山人。我的先祖是个大人物。他是城阳景王刘章——高祖刘邦之孙。这么算下来,我是正儿八经的汉室血统。但几次改朝换代,家道中落,我们家人就成了普通百姓了。

我的命运转折跟樊太尉樊崇有关。他那会儿是赤眉起义军的一个将领。就是这个家伙把我兄弟二人带到了军中。好在,我哥俩儿掌管牧牛,不用打仗,也算衣食无忧。

戏剧性的一幕发生在那个旌旗猎猎的早晨。

那天一大早,我睡得迷迷糊糊,有人把我和我哥从营中拉起来,我裤带刚刚系好,头发还没来得及梳理,光着脚就被人拉到点将的土台上。天哪,那个场景吓得我脸色都变了。只见台下三军列阵,樊崇等首领将帅站在离我不到一丈远的地方,所有人都用肃穆的眼光看着台上的三个人——我,我哥,还有另外一个我从来没有见过的家伙。不多时,身着黑袍的主事说话了,从他的拿腔拿调的介绍里,我知道了身边这个家伙也是汉室之后,名叫刘孝。我们三个人的一个共同点就是我们是城阳景王的直系后代。而他们要做的,就是用抓阄的办法,在我们三个人之中选一人立为皇帝!

乖乖!清晨的冷风一吹,我一哆嗦,鼻涕流了下来。

他们决定由年龄长幼的顺序由大到小抽签。鼎中有三个小木片,两个木片是没有字的,只有一个木片刻着"上将军"三个字。在古时,只有皇帝才有资格称为"上将军"。

刘孝年纪最大,他满脸红光,像是饮醉了一样,激动得连路都走不稳了。他的手伸进鼎中的那一刻,嘴角歪了一下,当他发现手中的木片上一个字也没有时,他几乎瘫软了下去。

我暗暗发笑,我当然不希望他当皇帝,他当皇帝不如让我哥当。

我真心希望我哥能抽到上签。

我哥深吸一口气,一步一步走上前去,颤抖着把手伸进鼎中的时候,我内心不由得狂跳起来,我默念着我哥的名字:"刘茂、刘茂……"仿佛只要多念几遍,就会有奇迹出现。

我哥也抽出了一张空白的木片。

我战战兢兢地上前，拿出了最后一个木片。上面有字，墨迹新鲜的字。

"上将军。"主事大声念了出来。

台下一阵雷动。樊崇带着一众将士朝我跪下，口中喊着："臣等拜见皇帝！"

天哪！那一刹那，我的脑袋嗡的一下响了，像无数只蜜蜂围住了我。我却吓得不知所措，我惊恐地四顾，快要哭出声了。我哥就在我的身边，我哥牵着我的手，嘴里不停地念叨着："把这木片藏好，藏好。以后你就是皇帝啦，皇帝啦！"

我不想回想那天更多的情形了。我强烈怀疑老天爷是不是也饮酒犯浑，蒙蔽了双眼。如果不是，为什么不选我哥而选我呢？我哥读过书，也算是个好汉啊！想当年，一群饥民在城郊找野菜充饥，为了多挖几棵野菜大打出手闹得不可开交，最后还是我哥站出来给他们讲理止争。而我，我只管得了几头牛罢了，哪里能管人呢。

再后来，我终于打听到为什么要立我为皇帝了。原来，有人向樊崇献计说，如今头儿更始把长安弄得一塌糊涂，咱们也拥军百万，为什么还要跟他干呢？咱们立汉室之后为皇帝，自己去争天下吧。就这样，樊崇决定立城阳景王之后最合适，我就莫名其妙地当选了。

尽管我年纪小，又一字不识，但我并不糊涂。在当今这个天下鼎沸扰乱的时期，我听过许多关于皇帝的故事。天下自称皇帝的人不少。什么更始皇帝刘玄，什么刘望，什么刘婴，你方唱罢我登场，谁又能有好下场呢？

别人不说，就说更始刘玄。他在长安的皇帝宝座没坐热，很快败在了我们赤眉军之下。于是，我就到了长安，成了长安城的新皇帝。

可我说句大实话，我手下这伙人比更始那帮人好不到哪儿去。没几天也乱啦。这些将领每天都在宫廷外的朝堂里吵架——争谁的功劳大。嗓子大的就大喊，喊不过就跳上跳下，不喊不跳的就拔剑击柱。可怜那根百年柏树做的栋梁柱子，被砍得乱糟糟的。洛阳城周边的郡县长官派人进贡给我的财物，一不留神就有士兵偷偷揣进兜里。最可恨的是腊月祭祀那天，樊太尉安排了大典，可我坐在正殿之上，公卿们还没开始饮酒，一群人又开始为抢酒争肉斗了起来。那一次，樊太尉没有手下留情，命令卫尉们击杀了百余人。而朝堂之上的我，头一次为眼皮底下，宫殿之内的刀光剑影吓得几乎晕死过去。

就在我提出不当皇帝之后的那天晚上，我梦见宫里的一个煮药的大鼎正冒着热气，不知怎么就被人打翻了。醒来一看，果真床头的一个小铜鼎翻落在地。风吹的吗？不可能有这么大的风。只能说明有人来过，动过手脚。他的意图是什么？给我颜色看？我不敢想了，越想只能让我越发惊恐。

三

外面在打仗，我就只能待在宫里。一日黄昏，我郁闷之极，带了一个郎官在宫殿四周闲走。只有这样才能让我稍稍得到平静。这天，我在后宫的树林里竟然看到了一头毛色金黄的母牛。我摸了摸牛的尾巴和脖子，又盯着它的眼睛看。我喜欢看牛的眼睛。在任何时候，它们的眼里闪动的是温润的光，而不是战场上战马的眼睛里发出的冷硬的光。

我问郎官："宫里怎么有牛？"

郎官说："城里粮草越来越少了，为了防备万一，昨天从乡下掳掠了些牛回来，万一粮食不够，也能宰了充饥。"

一个主意立刻在我脑海里冒了出来。

"给我置办一些牛，我要在后宫的上林苑里养牛。"

这家伙还以为耳朵出问题了："皇帝，您是说您要亲自放牛？"

"以前我就是放牛的，你又不是不知道。"

他捂着嘴笑了："以前是以前，现在您可是贵为天子啊！"

"少跟我啰唆，你去操办吧，先置办十头。"

这个圆脸大耳的家伙去了。我知道，他不是直接去给我办事，而是找樊太尉去了。

我以为樊太尉又会来阻止我，说一通天子当有天子做派之类的屁话，谁知这次他什么也没说，就给我办了,还下令主管太监给我置办了一根金鞭子,说这样才符合皇帝的身份。还给我备了一块锦垫,用来骑牛之用。

我可不在乎什么金鞭子锦垫子,我只要有牛。呀,我这十头纯色的好牛啊,每一头都是体格匀称,毛色金黄。考虑到母牛的习性温和一些,有三头母牛,七头公牛。

这样,我每天早上换了一套牛倌的短装,藏起金鞭子,拿起我的一根竹鞭子赶牛去了。一看到欢快自由的牛,我的心情也跟着好多了。

我的牛儿在这偌大一片林子里吃草,吃饱了就哞叫几声,甩甩尾巴,拍拍苍蝇,过得悠闲自在。我也甩着鞭子,吆喝几声,感到轻松惬意。这里没有人与人之间的尔虞我诈,没有朝臣之间的争夺功劳,没有累人的繁文缛节,在这里,我又成了一个小牛倌,我终于可以暂时忘记自己头上戴的那顶皇冠。

上林苑原本养了好些珍稀动物,什么孔雀啦、鹦鹉啦、鸵鸟啦,还有老虎、狮子、麋鹿之类的野兽。可自从宫廷乱成一团,这些野兽珍鸟也就饿的饿死、飞的飞走了。一天雨后,我的一头公牛走散了。我从湿湿的泥地上辨认着牛脚印,沿着林间的小路到处寻找。沿着长满杂草的小路,我来到一处幽深的离宫门前。

这时,我看到一个面色饥黄的小宫女趴在离宫的廊柱子后面朝我张望。

"你……你看到我的牛了吗?"我问。

她惊慌地摇摇头,又点点头。

"你到底是看见还是没看见?"我问。

她大概看出我的样子就是一个小牛倌,便大胆地走到了宫门前。

"我听到石板路上有蹄子嗒嗒的声音——朝那儿去了。"她朝院子后的一片松林指去。

"想必是我的牛了。"我说。

"这宫里怎么会有人放牛呢?"她自言自语道。

听她这么一说,我自己都觉得有点魔幻可笑。

"我是皇帝的牛倌。"我不想暴露自己的身份,说实话,如果我说自己是现如今的皇帝,她肯定会吓一跳的。

"皇帝也养牛吗?"她叹了一口,"难道皇帝也像我们一样,没有吃的了吗?"

"你没有吃的吗?"我好奇地问,"你屋里还有什么人呢?"

她默不作声地转身,从那廊柱子后面拿了一个竹篮子,里面装了一些野菜。这些野菜我以前放牛的时候也挖过,可以煮熟用来填填肚子。我立刻就明白了。

"我叫豌儿,现在只剩下我的主人珍妃还在里面了。更始皇帝走了,没有来得及把我们带走。"说着,她已是眼泪涟涟,"刚开始,还有些余粮,如今粟米都吃完了,就去水池里抓鱼,自己生火烤了吃,如今鱼也抓完了,就只好挖野菜……"

她瘦削的脸上没有血色,却又浮肿不堪,怎么样也没法把她和她的主人锦衣玉食的生活联系起来。

"来,我这里有个窝窝头,你拿去吃吧!"我顺手从上衣口袋里掏出一个窝窝头,递给她。

这是一个白面做的窝窝头,是我中午的简便午餐。我不愿意放牛放到兴头上又赶回宫里去吃那些我早已吃腻了的大鱼大肉。

"这——你自己吃什么呢？"她的目光扫视了一下窝窝头，想伸手去抓，又迟疑了。

"我吃过了，肚子早就饱了。"我拍着肚子说，"你别跟我客气。"

她感激地望了望我，确信我说的是真心话后，然后朝我作了深深一揖，抓起这个窝窝头，把它掰扯成两块，一块大的放在上衣口袋，一块小的放进嘴里，微微转身，小口小口地吃起来。

等到她把手上沾上的一点残屑也舔干净了，这才转过身来。

"我给主人送去。"她说。

这时，后院的松林里传来牛的哞叫声。我想起了我的牛，朝她摆摆手，转身去牵牛了。

"恩人，敢问你贵姓大名？"豌儿朝我喊道。

"我——我叫盆子。"我脱口而出。告诉她我的真名又何妨呢？

当我牵着牛从林子里走出来的时候，我看见她已经不见了，我正失落地打算离开时，她又匆匆地从里面跑了出来。

"我们没有什么好报答你的,主人让我把这玉簪子送给你。"她从袖子里掏出一个碧玉簪子,捧到我的面前。

"不不,我不要这个。"我后退几步,自从做了几天皇帝,我收藏过不少珍奇异宝。可此时,我并不愿意因一个窝窝头而拿人家的宝贝,"你自己留着吧。"

"主人说,这个东西饥不能食,留它无用。再说了,这一天天下去,我们只怕迟早会饿死在这里了。"说着,她又抬起袖子擦了擦眼泪。

"你好好收藏起来。"我说,"我每日都会到这里来放牛,每日此刻,你就在门前等我吧,我给你们带吃的。"

"这——怎能让你如此辛劳!"她说完就朝我跪拜下来。

"你快快起身,我要去赶牛了。"说完,我牵牛离去了。

此后的二十多天里,我每天到上林苑放牛总能看到这个女子,她帮我一起看牛,而我总会给她带两个白面窝窝头。

(十)

情势转眼间急转直下。城外大乱。新的起义军头领——光武的两路大军如同黑云压城般碾压了过来。

两军杀得昏天黑地的时候,我正在豌儿的离宫里给她送吃的。

我躲在离宫里,想找人去给我哥报信,等到的却是我哥阵亡的消息。我抹着泪,对豌儿说:"咱们逃走吧!"

豌儿说:"珍妃怎么办?"

此刻,生病的珍妃正躺在床上奄奄一息,其实她并没有病,她只是饿。

我说:"珍妃留下来其实并没有什么危险,何况,她本来就是笼子里的金丝雀,你把她放走了,她也会饿死。而你本是农家女,原本就会织布,你出去了也饿不死。"

豌儿把我带来的最后一块窝窝头放在了主人的床头,朝她跪拜了三次,跟我离开了离宫。

烽烟四起,城墙四处塌陷。我俩赶着我最喜欢的一头母牛,找了一个最不起眼的缺口。我俩踩在牛背上,爬上塌陷的城墙,跳下被血染红的护城河。

逃到半路,一队人马从身后追了上来。为首的将军挡在道前,落马朝我拱手:"盆子老弟,皇帝拜官,请回宫听旨吧。"

老弟?这个称呼怎么那么耳熟?可是,可他怎么知道我是盆子?我不禁不寒而栗。

我扫视了人群一眼,原来我的郎官也在其中,他见到我的那一刻,尴尬地扭过头。

我叹了口气,拉了拉豌儿的手:"就此别过吧。以后再也不能相见了。"

"盆子,你是好人。好人会有好报的。"

一股暖流涌上我的心头。

我见到了光武。他并没有传说中那么高大英俊、那么潇洒倜傥,如果不是那身皇帝的衣裳,我还以为他只是一个郎官。

光武笑着问我:"你知道你罪应当死吗?"

我想了想:"祸福相依,该来的总是要来。"

他笑了:"你小子淡定得很嘛。听说你以前是放牛的？"

我抬手擦了擦额头的汗珠。

"要不我给你划一块草场，你继续去放牛吧！"

我不禁打了个激灵。更始落入光武手中后，也是被封为牛倌。但几个月后，在一次早晨放牛的途中，他意外被随从手中的牛绳勒死了。

我大概也会重蹈逊位皇帝的覆辙吧。

我在上林苑又当起了放牛郎。这次货真价实——管着三十头牛。

我时时担心会有一根牛绳从身后紧紧套住我的脖子——但直到我活成了一个老牛倌，那根索命绳索也没有落下来。光武入了宫，命人把所有的离宫别苑都清理了一遍。他们找到了已经饿得奄奄一息的珍妃。珍妃得救了，经过休养，这个美人坯子又重新焕发了神采，并幸运地留在了光武的身边。她在上林苑跟随光武田猎时，认出了我。

——这就是我没有被牛绳勒死的全部原因。兴许，我终究命里就该是一个放牛的。

《放牛郎》

　　盆子与茂留军中,属右校卒史刘侠卿,主刍①牧牛,号曰牛吏。及②崇等欲立帝,求军中景王后者,得七十余人,唯盆子与茂及前西安侯刘孝最为近属。崇等议曰:"闻古天子将兵称上将军。"乃书札③为符曰"上将军",又以两空札置笥④中,遂于郑北设坛场,祠城阳景王。诸三老、从事皆大会陛下,列盆子等三人居中立,以⑤年次⑥探札。盆子最幼,后探得符,诸将乃皆称臣拜。

　　——〔南朝宋〕范晔《后汉书》卷四十一·刘盆子列传第一

① 刍:割草。
② 及:等到。
③ 札:小木片。
④ 笥:竹筒。
⑤ 以:按照。
⑥ 年次:年龄长幼次序。

一根桨

一

对于生活在我们这个时代的人来说，做一个渔父无疑是一个不错的选择。做一个漂泊水上的人的真正好处是，打仗时国家不会抓我去当兵。这比什么都重要。

这些年打仗的事太多啦。楚国和秦国，楚国和吴国……争土地、争城池、争盟主，动不动就打起来了。不用说，楚国经常吃败仗。为什么？傻子都能看出来：这个国家乱啦！乱得不成样子啦！连伍奢这样的满门忠良都落得个关的关、跑的跑的结果，君王惑，朝堂乱，这样的国家怎么能不吃败仗呢！

伍奢一家人的故事想必大家都听说过吧？太子建和他的老师太傅伍奢遭到奸臣费无忌的诬陷。太子建因被诬陷谋反而遭到楚王的追杀，好在他逃到了宋国。而太傅伍奢却被投入大牢。费无忌担心伍奢的两个儿子伍尚和伍员日后报仇,又说服楚王把他的两个儿子招来,威胁说,若是不来,就杀掉你们的父亲,来了就放走他。伍尚性格柔弱,又忠孝,打算去见父亲,而伍员说,楚王叫我们去,是为了斩草除根,去了三个人都会死,以后就没机会报仇了。就这样,伍奢和儿子伍尚被杀了,伍员独自逃亡了。

伍员——我们乡下人叫他伍子胥,他的故事令人心里不痛快。可是连朝堂大人们都帮不了他,我们这些小民又能做什么呢?我还是做我的渔父,我也只能做我的渔父打鱼糊口。

二

这天中午,阳光照在宽阔的河面,波光粼粼的河面像是洒落了满河的银子。这样的银子,再多也没法打动我。我给船系上缆绳,躺在船里睡午觉。

就在我的眼睛半睁半闭之间,突然听见河岸边的芦苇丛里有些窸窸窣窣的响声。我想也许是一两只找食的鹭鸟吧。

然而，这声响越来越大了，有成片的芦苇叶哗哗响动的声音，这不是什么鹭鸟了。我睁开眼，从船舱里坐了起来。难道大中午的还有人要渡河？

伴随芦苇秆叶晃动，一阵急促的脚步声传来，我还没来得及从船板坐起，眼前的一幕让我着实吃了一惊。

一个陌生男人出现在我面前：他有些高大魁梧的身材，但却看起来萎靡不振，他有着官人的面相却脸颊黑瘦，他有着智慧的眼眸却双眼混浊无光。

不消说，他是一个逃难的显贵。因为他的腰间挂着一把宝剑。宝剑的剑柄和剑鞘上雕刻着精美的纹饰，尽管落了些尘土，但仍然在阳光照射下闪着光泽。

难道他是伍……？当这个念头冒出来的时候，我突然打了个哆嗦，我一下子就从船板上立了起来。

我的举动让对方吓了一跳，他倒退了三步。

"你，你想干什么？"他嘶哑的喉咙说话了，右手按在剑柄上。

我不禁哑然失笑起来,笑得直不起腰来。

"这句话不应该是我问你的吗?"

他笑了,紧绷的脸似乎放松了一点。毕竟,我只是揉了揉眼睛,把短衫扎了一下而已。我一个两手空空的渔父,能打什么坏主意呢?

"渔父,有劳速速送我过河!"

"我是打鱼的,不摆渡。"我说,"渡口在下游三里远的地方就到了。"

"渡口?渡口我哪里能去?我是逃犯。"

"你是伍子胥。"我说,"行。反正我已经被你搅跑了睡意,我就送你过河吧。"

他的样子虽然跟布告上的画像差别很大,但那眼神骗不了我。是的,许多人都说他有一双怨气很深的眼睛,但在我看来,那是一双固执而信念坚定的眼睛,跟怨恨无关。

等他上了船,我熟练地用一支竹篙撑着船离开了岸边。

这个落难者朝我感激地作揖道:"感谢渔父!"

我说:"我不讲这些礼节,你快点上船。只不过要辛苦你在船舱里躲避一下，免得有人看到。"

就在他准备上船的时候，突然，对岸传来一阵呼喊声："喂，打鱼的，过来摆渡！"这个声音可不是亲切的请求声，而是带着命令的口气。伍子胥慌乱地对我看了一眼，不等我作声，他那高大的身躯立刻卧倒在芦苇丛中。

对面的江岸上，有两个巡逻的士兵朝我晃动手里的长矛。

我吓出一身冷汗。如果他们正是抓捕伍子胥的人，那我岂不是成了帮助叛逃的叛贼？我赶紧站到船头，应了一声："来了，这就来了！"然后，我朝伍子胥递了个眼色，"你赶紧藏好，等一会儿听我暗号。"

我再回头的时候，身后已无人迹。

我一边摇桨一边哼着渔父们常唱的歌。我唱的是：

"<u>鱼在哪儿鱼在藻</u>，

肥肥壮壮头儿摆；

<u>鱼在哪儿鱼在藻</u>，

悠悠长长尾巴摇。"

这是我心情好的时候爱唱的歌。现在遇上了官家士兵摆渡,我总得露出一些欢乐的笑容才好。

到了对岸,士兵们问我的第一句话是:"你见过逃犯伍子胥没有?"

我摇摇头:"你们是我今天见到的头两个人。"

他们要求我把他们送到对岸的渡口去,也就是下游三里远的地方。

"好的,上船吧!"

我带着欢乐的情绪摇着船,贴着河岸往下游划去。他俩个头都不高,但脸却各自有特色,一个长得像丝瓜,一个像南瓜。丝瓜脸说:"今天要不是昭关的那两个笨蛋,还需要我们辛苦找到这里来吗?"南瓜脸说:"他们可不承认自己看到了。要是看到又让人逃了,那就是死罪;要是没看到,无非就是修三年城墙。"我心里听了暗自好奇,那两个家伙是专门守城门的,一个人一个人的脸上都盯着瞧,能发觉不了伍子胥那张脸?

两人在渡口上岸,转身离去之前,南瓜脸又扯了一下我的胳膊："你这些天可要机灵一点。发现了伍子胥，赶紧上报。抓获伍子胥赏金五百镒，还有爵位封赏！隐匿不告，小命不保！"

乖乖！不得不说，这不禁在我的心里掀起了一些浪花。真险！如果被发现协助叛徒逃匿，那我就没命了。送走了这两个人，我在船头坐了一会儿，从船舱里找来酒坛喝了几口酒。我需要压压惊。

我想明白了，如果守卫都愿意放过忠良之士，与世无争的渔父更应该做到。等到四周无人的时候，我逆水而上，把船摇到了伍子胥出现的河岸边。

四下寂然无声，只有芦苇叶沙沙作响。

我唱起了歌：

"芦中人芦中人，何不快现身；
芦中人芦中人，何不快现身？
太阳快落山，月亮升起来，
即刻就启程，即刻就启程。"

唱了一遍，没有回应，又唱了一遍，我听到有沙哑的声音在芦苇丛响起："嘘，别唱了，来了！"

离我七八丈远的地方，伍子胥那苍白的头颅露了出来。

他的衣服仿佛在水里洗过一样,在杂草丛生的芦苇地里想必流干了汗水。他爬进船舱,弯腰驼背蹲在里面。

"刚才那几个人就是要抓你的。你过了河,赶紧沿小路走,千万不要走渡口。"

"鄙人谨记在心。"

"你命大,昭关都能让你逃出来。"

"不是我命大,是那两个守卒太贪心。"

"你真是被他们放走的?"我停下手中的桨,惊讶地望了他一眼。船被浪头砸了一下,我又把船桨把稳了。

"他们只知道楚王要抓我,但不知道为什么要抓我。我告诉他们,楚王抓我的真正目的是得到我家祖传的一颗夜明珠。可我早就把它弄丢了。如果你们抓我去见楚王,我就说是你们把宝贝独自私吞了,这个罪可不轻!他们听得发蒙,气得又是抓头又是跺脚,最后只好龇牙咧嘴地把我放了。"

我眼泪都快笑出来了。多么聪明的人,多么贪婪而愚蠢的家伙！但愿官长永远查不出是他俩故意把伍子胥放走的，要不结局一定会很惨。

看我笑，伍子胥也微微笑了起来。

"我看你年纪不大，可头发怎么白了这么多？"我问。

"唉，也许我天生就是白发的命吧。"他轻描淡写地说，他并不愿意向一个陌生的渔父讲太多官场的黑暗。

江面刮起了一阵旋风，我的船头打了个转。船晃动得厉害，他微微闭上眼睛，手按胸口，仿佛想吐又吐不出来。

"几天没吃饭了？"我问。

"从三天前逃出来，就昨天吃了一顿。"

"看来也有好心人啊。"我说。

"一个河边捶捣麻布的女子把她的午饭送给了我。唉，说起来她还没有结婚，是个单身女子，为了救我，也不顾男女大防……"

"你父亲是好人，我们乡下人都知道。他是被陷害的忠良之臣。"

"我已经没有父亲,没有兄长了。我必须活下去,要不我的父兄就白白死去了。"

"复仇的事我不管,你还是尽快离开楚地,逃到吴国吧!"

这时,我把船停靠在一个同样长满芦苇的荒地边。沿岸泥沙淤积,船底搁浅,伍子胥只好一脚泥一身水地从淤泥地里爬上岸。他已经饿得快爬不动了,要不是我帮他拿着宝剑,他甚至连宝剑也要扔掉才行。

"唉,也不知道楚王为什么这么恨你。看把你折磨的!"我叹了口气,"我的茅草屋里还有一点饭食。你先在芦苇丛里藏起来,我去拿给你填填肚子吧。"

他看了我一眼:"那你自己吃什么呢?"

"我只要撒几网就能糊口了,你就别管了。"我笑笑,转身就往山坡上走。

大约花了半炷香的工夫,我就拎着食篮回到了原地。又如同之前一样,伍子胥又消失得无影无踪。

我愣了一下,旋即就明白是怎么一回事了。他对我的戒备并没有消除。他担心我带来的是不是饭食，而是一群给他戴上枷锁的官兵。

管他怎么想，眼下最重要的事是把他喊出来吃饭。于是我又唱起了歌：

"芦中人芦中人，何不快现身；

芦中人芦中人，何不快现身？"

我才唱到开头的时候，他的脑袋就探出来了，他的脖子伸得那么长，就像一只觅食的鹭鸟。我想他空瘪的肚子已经不允许他再跟我玩躲猫猫的游戏了。

"快吃吧，粗茶淡饭好歹能饱肚子！"我把饭食摆放在地上。

他不好意思地喏了一声，打开盖子，闻了饭菜的香味，把两只脏兮兮的大手放在衣服上胡乱地擦擦，伸手就抓起一根熟玉米，三下两下就啃得精光。

我不打算看着他吃饭，就转过身去，走到高地，四处望望，我担心会有人找我渡河。

尽管一个贵族在家里吃饭的样子我想象不出来，但我知道，困饿到了极点的时候，贵族和乞丐并没有差别。

我爬上了一棵岸边的桑树。我把自己藏在树杈里面，这样，我既可以望见很远的地方，又不会让远方的人发现我。我望见了远处的渡口，只见三三两两的行人正在接受把守渡口的士兵们的盘查。有一个丈人牵着一头牛正往江边走来，他大约是想找一个浅滩饮牛。

这时，我的目光突然停留在伍子胥上岸的浅滩上。呀，那里还残留着他爬过踩过的脚印，就像一只大螃蟹在沙地留下的痕迹一样明显。

我赶紧从树上溜下来，我冲到了那片沼泽地，想把那些脚印抹平。可我手忙脚乱忙了好一阵子，只把那些脚印弄得更多、更乱。我自己的衣服上也糊了一身泥沙。

我听到了身后有响亮的饱嗝声传来，我知他已经吃饱了。

当我转身面对他的时候，他吓了一跳。他盯着我看了好一会儿，问："你在沙滩上抓鱼去了？"

我笑了。我笑是因为我的脑海里冒出了一个很妙的念头。我说："吃饱了吧，快走吧，趁你的脚正有劲!"

他站了起来,又朝我作了一个很正式的长揖:"渔父救命之恩,感激不尽!"

"快别说了,走吧。"

"等一下,你看我这把宝剑。"他双手递过那柄宝剑,"上天给了我第一次生命,您给了我第二次生命。请接受它,它值一百镒金子。"

我用胳膊轻轻一抬,挡住了他的宝剑:"多话不说啦!抓到伍子胥,赏金五百镒,还有封地。我不要五百镒金子,还会要一百镒不成?"

这时,我听到了几声黄牛的哞叫声。

"有人来了,快走!"我朝吴国的方向指了指。伍子胥又朝我作揖三次,转身离去。

谢天谢地,那个牵牛的丈人是从另外一个方向走来的,而那棵桑树恰好挡住了伍子胥高大而落魄的身影。

当我不慌不忙地把饭簋收拾完好,正准备上船的时候,那个精明的丈人跟着牛的屁股后头,走到我面前。

"见过一个高个子，腰间挂着一柄宝剑的家伙吗？"

我摇摇头："你是我今天见到的第三个。"

"第三个什么？"

"第三个要找他的。"

"他就是楚王要抓的伍子胥！"他看了看我这一身泥水，又看了看江滩上的脚印，机警地问："你到旱地来打鱼啦？"

我笑笑："一条大鱼跑掉了。"

"你可别光顾着打鱼。听说伍子胥过了昭关，往江边跑了。一旦协助抓获伍子胥，可抵得上你打三辈子鱼呢！"

"是吗？我可不想活三辈子那么长！"

三

啊，接下来的十来个年头，世事可真乱啊！吴国进攻楚国，占了楚国都城，连楚王的坟都被伍子胥挖开了，他要鞭尸解恨。还听说，他到处找当年载他渡江的渔父。他的爱憎就像黑夜白天一样分明。听到这个消息，我就赶紧顺着江水而下啦。我可不想要什么报恩。后来，吴国又打越国，吴国打郑国，打来打去。原本，这些事都跟我没关系，但是一打到郑国就跟我有关系了，因为我这时流落到了郑国。

伍子胥的五万大军发誓要灭了郑国。郑王急得像热油锅上的蚂蚁。

我当然可以当我的渔父，可当我听说伍子胥攻下郑国很可能会坑杀俘虏，郑国几万男子都会送命的时候，我心动了。我想是走出来的时候了。

就在我不知道该如何向郑王进谏的时候，上头已经发布了布告：凡是能退吴国大军者，奖励一千镒黄金并赏赐封地。

晚上，我在渔船里躺着，听着哗哗的流水声，琢磨该如何去揭榜。想得脑壳疼也没主意的时候，我就干脆划船到江心撒上一网。可桨刚摇动，我就觉察到哪里不对劲，原来桨断了。我突然想到这根桨跟随我很久了，也该换了。那一刻，我明白自己该怎么做了。

次日一早,我去王宫求见郑王。很快,我就被士兵一路带到了郑王面前。作为应榜者,无论是从我的外形,还是我的职业来看,我大概是最不靠谱的一个。尽管如此,郑王亲自接见了我,你可以想象他的内心是多么焦灼。这让我联想起当年仓皇渡江的伍子胥。

"你可让伍子胥退兵?"我还来不及按照卫士们事先教我的方法完全跪拜下去,郑王就一挥手,让我免去这一套。

"我想大概可以。"

"你是做什么的?"

"我是打鱼的。"

"打鱼的?你竟敢夸这个海口!"

"光靠我一人当然不行,我还要大王的军队在跟吴军对阵的时候,按照我教的,唱一支歌。"

"什么歌?"

"先说好我退兵后有什么报酬也不迟啊。"我笑了笑。

"布告写得清清楚楚:一千镒黄金并赏赐封地。

岂是戏言？"

"我不要这些。我只是一个渔父，打鱼就能养活我自己。我眼下只缺一根船桨，桑木做的船桨。我若是退兵，您送我一根桑木船桨。"

"嘻嘻！"

"哈哈！"

不只是郑王，所有在场的人都笑了起来。

"可以吗？"等他们笑完了，我认真地问道。

"当然！一千根、一万根都行。"

"不用，一根就够啦。"

后来的故事你们也能猜到。当郑军和吴军对阵的时候，吴军听到了郑军上上下下齐声唱起了一首古怪的歌，他们唱的不是鼓舞士气的军歌，而是一首从未听过的乡下民歌：

"芦中人芦中人，何不快现身；

芦中人芦中人，何不快现身？

太阳快落山，月亮升起来，

即刻就启程，即刻就启程。"

这首歌被士兵们粗哑的嗓门合唱起来，气势很磅礴，又有几分质朴，毕竟这些打仗的士兵原本就是农民和乡下人啊。

万人唱歌的事很快传到了吴军统帅伍子胥的耳朵里。他命令吴军停止进攻，并派人到郑国军营中询问此歌是何人传唱而来。于是，在郑军一支勇士队伍的护送下，我见到了吴军大将军伍子胥。

见到我的那一刻，他伸出长长的胳膊牢牢地把我搂抱起来。跟他比起来，我显得那么弱小。

"我在楚国到处找您都没找到，想不到在这里见上了！"

"楚国打仗血流成河，还待得下去吗？我沿着江水来到郑国了。"我说。

"找我有什么事呢？"

"我希望你能退兵。"

"这……"他有些犹疑，"您干吗要做郑国的说客呢？"

"打仗会死人呀！那些年轻人，你也看到了，今天还能扯着嗓子唱歌，明天就会死在战场了——得死多少人哪！家里父母妻子还盼着他们回家耕田养家啊！"

这时，我看到他的眼神里透出一束柔和的光亮，尽管只是转瞬即逝的一道光，我还是捕捉到了。

"你倒是答应我呀，你要是能撤兵，我就能得到郑王赏赐的一根崭新的桑木船桨了。"我认真地说。

"他的桑木桨比我的宝剑珍贵？"他假装皱起眉头。

"不，但我是渔父，我只需要桨，不需要剑。"

"您的话——我得听。"

他挽起我的手，我俩相视大笑了起来。

《一根桨》

伍胥惧,乃与胜俱奔吴。到昭关,昭关欲执①之。伍胥遂②与胜独身步走③,几④不得脱⑤。追者在后。至江,江上有一渔父乘船,知伍胥之急,乃渡伍胥。伍胥既⑥渡,解其剑曰:"此剑直⑦百金,以与父。"父曰:"楚国之法,得伍胥者赐粟五万石,爵执珪⑧,岂⑨徒⑩百金剑邪!"不受。

——〔西汉〕司马迁《史记》卷六十六·伍子胥列传第六

① 执:抓。
② 遂:于是。
③ 走:跑。
④ 几:几乎。
⑤ 脱:逃脱。
⑥ 既:已经。
⑦ 直:同"值",价值。
⑧ 执珪:封侯之意。
⑨ 岂:难道。
⑩ 徒:只是。

羌笛怨

一

"明日是战是降？将军，你得做个决定！"

"降？堂堂汉军，怎可向匈奴小儿投降？"说这话的是校尉韩延年，他是天子派来辅佐我的。

"当然不是真投降，"第一个人接话道，"我们先降保身，再找机会逃回汉土。"

"这——也是可以的吗？"第三个人问。

"当然不是最好的出路，但也算不得是最坏的出路。"德高望重的苏将军捻须说道。不戴首盔的时候，我感觉他的白发越来越多了，人也更苍老了。如果父亲还活着，大概也是这个年纪了吧？

苏将军继续说道："一个月前，在漠南，霍将军的一支千人队伍粮草耗尽，被五千匈奴精兵包围，无奈投降。可半个月前，他们又从匈奴人的牢房里逃出来了，回到长安复命的尚有八百。天子并没有降罪，只是将他们免为庶人而已。"

"不妥，他们可以投降，我李陵也投降，名望何在？不可，不可！"我断然拒绝了这个建议。

"可是，将军……"有人还想说什么，我已经离席而起，大踏步朝草原深处走去，把熊熊的篝火抛在身后，把七嘴八舌的议论抛在身后。

只有我的随从阿骨打远远地跟了上来。

我不能责怪任何人，他们的发言我没有资格去评判。因为，每个跟随我孤军作战的将士都是英雄。事实上，他们是来自荆楚大地因犯事而戍边的勇士。

现在看来，孤军深入草原是一个多么错误的决定。

我突然理解路博德当时为什么要百般推托天子派他协助我的任务了。那时，我还以为路博德不过是个贪生怕死、毫无勇气的懦夫罢了。现在看来，他是个老谋深算的家伙。他看出了等着他的是什么。

草原啊草原，你是匈奴的天堂，却是汉人的地狱。这一路上，我经过了戈壁、沙漠、荒丘。我真希望在戈壁滩或者沙漠上跟这些匈奴大战一场。至少，在那些地方，漫漫黄沙，一马平川，双方都凭真本事，谁也玩不了花招。而在草原上，这些匈奴如鱼入水、如鸟归林，一群人骑着马，像一阵风似的出现在你面前。如果人少占不到便宜，他们又像一阵风似的消失得无影无踪。他们的屁股就像长在马背上一样。你根本无法轻易用武器将他们击落下马。

与匈奴对阵，以寡敌众的事例也并非没有先例。最著名的例子发生在我祖父身上。这件事已经广为传颂，无人不知。当年，祖父带着一百骑兵深入草原数十里，遭遇了数千匈奴骑兵。匈奴数千人在山上摆开阵势，祖父的百余骑兵惊恐万分，都想立刻转身逃走。祖父说，不可，此时逃走，匈奴放箭射击，我们全都会死。不如我们就地留下，匈奴以为我们小队人马只是诱饵，大军埋伏在附近，不敢轻易出击。于是，祖父命将士上前，在离敌军二里远的地方停下，解下马鞍席地而坐。将士又问，马鞍解下来了，万一敌人冲杀下来，怎么来得及应对？祖父又说，敌人原本还怀疑我们会不会逃走，但现在见到这个样子，他们深信我们是诱军无疑。这时,一个骑白马的将军在敌军前方训话,祖父立刻上马,带着十多名骑士将白马将射杀。然后又回到军中解鞍卧下。天黑了,胡兵疑虑重重,半夜终于退去。次日一早,祖父一行百骑毫发无损地回到军中。

是的,祖父能做到被数千匈奴大军团团围住仍能全身而退,不说后无来者,至少是前无古人了。这需要大智慧。而我李陵,也许具备祖父这样的智慧,但已经不具备这样的时势——匈奴犯过一次这样的错,还会犯第二次吗?

二

不了解我的身世就没法了解我此刻的痛苦。而我的家族,笼罩了太多的光环,也背负了太多的苦难。

我出身于陇西成纪李氏一门。还记得那个叫燕丹的燕国太子吗?秦攻燕,燕太子丹一路北逃,就是一个叫李信的秦国将军擒获他的。李信就是我的祖先。我的父亲名叫当户。他并不是一个有名的人物。父亲活得太短了,在我出生之前,他就去世了。换言之,我是个遗腹子。父亲有两个弟弟,分别叫椒和敢。他们共同的父亲——也就是刚刚提到的祖父,名叫李广。没错,就是那个能把箭射进石头之中的飞将军。与匈奴作战数百场,出生入死,令匈奴闻风丧胆,却未能封侯的李广。祖父一生戎马报国,最后却落得个令人垂泪惋叹的结局。元狩四年,祖父跟随大将军卫青出征,为卫青所排挤,令我祖父带兵行远道,最后祖父因缺水迷路,耽误了与大军会合时机。卫青要我祖父把误期经过上报天子,意在治罪。性情刚烈的祖父哪里受得了这样的怨气,当着麾下的面,愤而自刎。唉!这是我们家族最大的痛苦,也是其他痛苦的起源。不久,叔父李敢为了报仇,击伤了大将军卫青,卫青也许是心中有愧,当时隐而未报。然而,祖父去世一年后,叔父李敢在一次跟随天子狩猎时,被骠骑将军霍去病一箭射死!霍去病是谁?卫青的外甥,一个鼻孔出气的。对于叔父李敢的惨死,天子给出的说法是不慎被梅花鹿抵触而死。呜呼冤哉!一个曾以一己之力在战场上夺得匈奴左贤王旗鼓的勇士,竟然在陪侍天子狩猎时被一头发狂的鹿撞死！面对天子的定论，我们一家人只能打断牙齿吞下肚子……

现在想来，我当初请战的场景依然在目。

天子命贰师将军李广利率领三万骑兵出征酒泉，意图在天山攻击右贤王。为什么贰师将军可以统率这么多大军？天子的旨意我当然不敢妄自揣测，但我知道贰师将军有个好妹妹，她是深受天子宠爱的李夫人。

应该说，天子对我——李广之孙颇有些好感。用天子的话来说，他认为我"有广之风"。

天子令我跟随贰师将军，专门负责运送辎重。但跟随大将军而无法主战一方，一直不是我们李家将乐意的作战方式。作为李家第三代，我应该为家族的荣耀带来一点什么了。或者，至少能洗刷掉一点家族的苦难。

我向天子提出："请允许我带一支奇才剑客组成的队伍，前往兰干山南部出击，分散匈奴的兵力，以免他们全部去攻击贰师将军。"

天子说："朕已经没有多余的骑兵了。"

我一心想在天子面前立功："以少击多，我只需要五千步兵。"

天子说："光带步兵去跟匈奴作战，那不是让你送死吗？我派强弩都尉路博德带些人马在半路与你会合吧。"

我感激涕零，叩头谢恩。

我踌躇满志，正准备出发。谁知路博德私下给天子奏了一本。说什么匈奴秋日牛马正肥，若要开战非等到明年开春不可。

路博德的这一奏，引得天子不悦。他以为我为请求独自出击的决定而后悔了，故意让路博德奏了这一本。天子令我上奏说明到底是怎么回事。我没有写奏本喊冤，只是即刻率五千步兵出居延。三十日后，我与单于三万骑兵相遇。敌人见我寡彼众，直接冲杀过来，我军箭弩齐发，一千多胡兵应弦而倒。敌军后退，我军又追杀数千人。第二回合，单于召集周边八万骑兵来袭。此战甚为严酷。我的军士受了三处伤的乘车，两处伤的骑马，一处伤的仍然上场作战。尽管如此，我们还是猛挫敌军锐气，杀敌三千。

为了逼迫我们降服，敌人在上风处纵火。我们便在本营中点火，烧出隔火线。就这样，一日交战十数回合，双方僵持不下。就在这节骨眼上，军中出了个叛徒。他因犯错被校尉斥罚，泄愤出逃到敌营。这个无耻之徒叫作管敢。嘻，竟然与我叔父同名。简直辱没了"敢"字！从匈奴俘虏的口中得知，匈奴单于一直怀疑我军四周有大军埋伏，有所忌惮。军情泄露后，敌军又重新围拢上来，把我们逼退在山谷，一边箭雨齐下，一边又滚轮山石，我军伤亡惨重，五千精兵所剩不过千余人而已。

今夜，我军困在草原的峡谷之中，已成匈奴囊中之物了。

三

"吹点什么吧，阿骨打。"我说。

阿骨打像往常一样，并不搭腔，只是默默地从怀里掏出他的那个羊骨磨成的羌笛。

他擦了擦七个笛孔，又试了试每个孔的音律，两手横握羌笛，一股低沉婉转之音从他的嘴边，从羌笛的孔洞之间流淌而出。

他吹的是那首比秦朝还要久远的曲子：

风萧萧兮易水寒

壮士一去兮不复还

……

我的心陡然一动。草原的冷风像刀子一下一下割在我的脸上。我的思绪纷乱，我不知这是何征兆，又是何指引。荆轲，壮士荆轲，他的结局难道又预示着什么？而荆轲身后的燕太子丹，最后不是死于上祖李信之手？这冥冥之中有何关联？

明天，等待我的将会是什么？

吹罢了曲子，阿骨打把羌笛藏在胸间。

我决定问问他的看法。

"阿骨打，你说，我们是到底战还是降？"

"将军,我跟随您的脚步。"

"我问你的看法。"

"我的看法?"阿骨打有点惊慌,他从来不敢在我面前吐露自己的想法,他所扮演的角色决定了他无须有想法。但说实话,连日疲于奔命,命悬一线,如果连一点想法也没有,那也不是事实。

"对,大胆说吧,我不会怪罪你。"

"将军,汉人不是有一句话吗:留得青山在,何愁没柴烧。"

"你的意思是?可暂时投降?"

"我不也是跟汉军作战时,投降您的吗?我现在并不觉得后悔。"

阿骨打原是酒泉塞外一个放羊的牧童。他在放羊的途中被羌人的队伍掳走,被迫成了一个牵马打仗的小卒。后来,他成了我的俘虏。原本他要被送外塞外边关修筑长城,我见他年龄不过十二三岁,心生怜悯。

我问他:"你会做什么?"

他没有回答,只是从怀里掏出了一根骨笛子。头一次,我就被他的笛声震撼了。他吹的不过是普通的羌地牧羊曲子,那宁静明澈的笛声让我想起了自己的家乡,还有家中的亲人。

"如果我让你跟着我的队伍去打仗,你愿意吗?"

他摇摇头。

我又问:"留在我身边作随从,不让你打仗,你愿意吗?"

他不摇头,也不点头。

"你是愿还是不愿?"

他还是不吭声。

我也懒得问了,把他留在我的身边。在军营里,找个哑巴做心腹总比找一个大舌头好。有一次,我的队伍巡边开赴他的家乡,他吹着笛子流了泪。那天,他开口说话了。

他说:"将军,等你不打仗的时候就放我回家吧,我还想放羊。"

我摸摸他的脑袋,算是答应了他。

此刻,他面容平静,从侧面能看到他凸起的颧骨和高耸的鼻梁,借助朦胧的月光,我隐约看见他那带着一丝蓝光的眼神清澈如水。

"你小子说得甚好。"我笑了。

阿骨打的话也未必没有道理吧。

"阿骨打,我命你去做一件事。"

"将军吩咐。"

"把随军虏获的珍宝全部埋在地下,做好标记。"

"这?"

"你去办就是。"

"是,将军。"

(十一)

这个夜里,我做了一个古怪而又奇特的梦。确切地说,并不是一个梦,而是一串支离破碎的梦境组合。

第一个梦境发生在我幼时。我看到了叔父李敢。我正在家中院落玩耍一支弹弓,叔父征战凯旋归家,朝我大步走来。呀,多么孔武有力、多么英姿勃发的少将军啊!他满面春风地走到我面前,蹲下身子,伸出一只有力的胳膊，轻轻地把我抱了起来。那一瞬间，我看到了他盔甲上闪光的鳞片。我伸出小手去摸那鳞片，又去摸他甲胄上的璎珞，我开心地咯咯笑着……

在另外一个梦境中，我梦见自己跟随祖父出征。那个行军场景跟我这次所经历的几乎一模一样。在梦中，我是一个年轻的勇士，而祖父也只是一个壮年的将军。他从不轻易发号施令，没有繁文缛节的规矩，但他的部队行动如风，步调一致。每个将士都视军令如山。我骑着战马，跟随在祖父身后，想聆听祖父对我的教诲。

但祖父素来沉默寡言，惜语如金。

"当户，你看，那是匈奴人的家园。"望着远方的草原和草原上的群山，祖父终于开口了。他叫的并不是我的名字，而是我父亲的名字。也许在他眼里，我就是父亲，父亲就是我。

祖父让我看的就是草原和草原的群山吗？常年征战，我已经看惯了这些碧草蓝天、白云绵羊。但如果用心去欣赏，还真如人在画中行一般。

"如果匈奴人不侵犯汉人的边关,守着自己的家园,那该多好!"祖父又说。

"是呀,匈奴要是安分一点,他们其实也可以很富足。"我说。

"要是匈奴愿意安守本分,他们就不是匈奴了。战争总是因为一方不满足现状才打起来的。"祖父看着我说,"这些年,为了抢掠财富和土地,匈奴死了多少人,又被俘获了多少人。汉军又有多少将士埋骨这青草地下!"祖父的语气变得低沉起来。

那一刻,祖父的话让我陷入了沉思。我仿佛又置身于现实的场景。匈奴日复一日地入侵汉地,胡汉连年征战。这都根源于某种不满足心态。就我来说,如果不是因不满足于在贰师将军旗下落得寂寂无名,我还会带着这五千人马孤军深入草原腹地吗?

"爷爷,您打过这么多仗,您觉得跟匈奴人作战,要注意什么?"

"这个还要我告诉你吗?你那么聪明。"祖父卖关子似的笑了,这时,天上一只大雁拖着悲伤长鸣叫从上空低缓地飞过。

"听声音应为伤鸟。"我随口说道。

祖父伸出又长又柔韧的手臂,轻轻取下长弓,他并不抽取箭支,只是猛一拉弓,弓弦振动的声响在风中吹送,那只大雁缓缓坠地。

我看得惊呆了。身后的将士们也停下来,仰头望去,继而惊叹。

"惊弓之鸟的典故你早就听说过。"祖父说,"鸟虽高飞在天,但弓箭可及。若挥舞戈矛刀剑,百人千人也只能望之兴叹。我不用一箭,而伤鸟自坠落,在于其惊恐所致。伤鸟听到弓弦之声奋力振翅上飞,才导致伤口撕裂而疼痛难忍。之所以惊恐,乃因不知是否有真箭射来。打仗也是这个道理,不怕明枪,最怕的就是暗箭。"

"哦,暗处的敌人。"我若有所思。

"天色不早,加快赶路。"祖父扬鞭下令。

"可您不是经常孤军奋战,却屡夺奇功吗?"我带着疑虑,双腿一夹马镫,想追上去。可祖父的骏马却越行越远,他的队伍也越行越远,把我一个人留在了茫茫草海之中。

我吓出一身冷汗……

五

"匈奴来了！将军快快上马！"阿骨打急促的声音在我耳边响起。

拂晓的时候，匈奴军队包围上来了。

不得不说，这支匈奴军队是一支光明磊落的队伍。他们并没有在我还在说梦话时发动突然袭击，而是先摆出阵势，把我们围在中间。然后吹响了牛角号角，擂响了牛皮战鼓，仿佛提醒我们该起身打仗了。

该来的终究来了。匈奴的突然袭击，让我们已经来不及逃走了。只能硬拼，向死而生。

一个大嗓门的匈奴壮汉在阵前喊话："喂，李陵，快出来投降！"

"李将军，该怎么办？"韩延年问我。

我望了他一眼。他既是我的助手，也是监视我的耳目。这点，我比任何人都清楚。

"不杀胡贼无以报天子！"

我承认，那并不是我发自肺腑的话。真正发自我内心的一句话我没喊出来，那就是："临阵怯场不是李氏子！"我要为李氏家门荣耀而战。

"阿骨打，传令下去，擂鼓！"

"将军，牛皮鼓受潮，擂……擂不响！"阿骨打哭丧着脸。

"将士们，拼了！"我骑上战马，振臂一呼。

一场凶险的正面战开始了。在关键时刻，我展现了家族传承的高超射艺，我身先士卒，率先跃马挽弓，一连射死了三个匈奴人。韩延年紧随其后，杀入敌阵。这位天子钦点的名门之后从来没有胆怯过。此时，敌人的弓箭也如蝗虫般飞来，许多将士躲闪不及，纷纷中箭负伤。箭雨之后，敌人冲了上来，而这时，汉军也早已积蓄了最后一点仇恨和勇力，我的长枪如同银蛇般挥舞，刺中一人的喉头，敌人应声落马。再一横扫，又戳中一匹匈奴马的后腿，马腿一屈，前蹄往上仰起，马背上的匈奴骑兵身子跟着往后仰倒，我再回枪杀去，正中其胸。就在这时，一把长柄大刀朝我挥舞过来，持刀的是一个长着瓦片脸的匈奴壮汉。我脑子一片空白，只好顺势趴在马背。这时，韩延年跃马来救，他手中的长戟与敌人的长刀猛击在一起，火光四溅。我提起马缰，马跃三丈，我趁势调整姿势，回枪再刺瓦片脸。瓦片脸躲闪不及，中枪落马，但并没有毙命，而是顽固地挥刀猛砍韩延年的马前蹄。马负伤倒下，韩延年也随即坠马。混战之中，又有一个黑脸匈奴从斜边杀出，他的高头黑马踩踏在韩延年胸口，随着一声惨叫，瓦片脸的长刀向韩延年的颈项砍去。

啊，与我出生入死的延年兄弟死在了匈奴的刀下！天子的爱将再也带不回去了！

大势已去，我回首四顾，我的士兵死伤已大半。敌人显然认出我就是李陵——他们的刀剑似乎长了眼睛，我被团团围住，却没有受到致命伤害。

拼死逃出复命？这个念头冒了出来，但瞬间又消失了。延年已死，如何向天子复命？

自刎？电光石火之间，梦境又一次浮现在我的眼前，祖父苍老的脸，还有叔父英俊帅气的脸一齐闪现……我手中的短刀仿佛有千斤重，怎么也没法从刀鞘里拔出来。

迟疑之间，一个套马杆套住了我的坐骑，人仰马翻，我仰面倒在了地上。

一群匈奴骑兵把我围在草地中央。

那一瞬间，我望见一小块天空的蓝天白云。真美呀！

"降，降！"众声喧哗。

"你们不用喊了，让我起来。"

我站起来，整了整盔甲。

一个肩头裹着花纹兽皮的匈奴将领骑着白马，朝我做了个单手按胸的手势："李将军，单于有请！"

他的脸上带着胜利者的神色。

"降了。"我嘴里终于挤出了这两个字，充满歉意地朝不远处的阿骨打望了一眼，嘴里嗫嚅了一句："能不能回家，看造化吧！"

《羌笛怨》

  天汉二年,贰师将①三万骑出酒泉,击右贤王于天山。召陵,欲使为贰师将辎重②。陵召见武台,叩头自请曰:"臣所将屯边者,皆荆楚勇士奇材剑客也,力扼虎,射命中,愿③得自当一队,到兰干山南以分单于兵,毋令专乡贰师军。"上曰:"将恶相属邪!吾发军多,毋骑予女④。"陵对:"无所事⑤骑,臣愿以少击众,步兵五千人涉⑥单于庭。"上壮而许之。

  ——〔东汉〕班固《汉书》卷五十四·李广苏建传第二十四

① 将:率领。
② 辎重:随军运载的军用器械、粮秣等。
③ 愿:希望。
④ 女:通"汝",你。
⑤ 事:使用。
⑥ 涉:到,进入。